路 勇◎著

相信自己
相信明媚

美丽的文字，巧妙的构思
给人以至高至纯的享受
哲理与反思，温情与智慧
给心灵以真善美的润泽

中国书籍出版社
China Book Press

图书在版编目（CIP）数据

相信自己，相信明媚/路勇著.—北京：中国书籍出版社，2015.5
ISBN 978-7-5068-4927-2

Ⅰ.①相… Ⅱ.①路… Ⅲ.①散文集—中国—当代 Ⅳ.①I267

中国版本图书馆CIP数据核字（2015）第108847号

相信自己，相信明媚

路勇 著

图书策划	武 斌　崔付建
责任编辑	牛 超
责任印制	孙马飞　马 芝
出版发行	中国书籍出版社
地　　址	北京市丰台区三路居路97号（邮编：100073）
电　　话	（010）52257143（总编室）（010）52257140（发行部）
电子邮箱	chinabp@vip.sina.com
经　　销	全国新华书店
印　　刷	北京富达印务有限公司
开　　本	880毫米×1230毫米 1/32
字　　数	220千字
印　　张	9
版　　次	2015年6月第1版　2015年6月第1次印刷
书　　号	ISBN 978-7-5068-4927-2
定　　价	26.00元

版权所有　翻印必究

目 录

第一辑 心情加油站：给自己扮个笑脸

永葆童心	003
人生没有伤心地	005
月亮的耳朵	007
有多少雪可以重来	009
别人的幸福我们的风景	011
穷人的牢骚	013
红薯飘香惹人爱	015
饭里乾坤	017
仙岛湖的"特色菜"	019
刷客不读书	021
我的读书基金	023
书中有凉意	025
秋日书香溢	027

"拷贝"读书	030
留本书在枕边	032
和一群无法亲近的鸟儿相望	034
每片叶都是一朵花	036
不敢怠慢一瓣樱花	038
回家是最美好的方向	040
且慢,群生活	043
给自己扮个笑脸	045
静处看风景	048
绽放新春	051
愈夏愈美丽	053
秋到深处无怨尤	055
冬日是一首恋歌	057
年味渐浓	059
站在楼顶看太阳	061
人生不需倒退一小时	063
邂逅落叶	065
雨中情	067
快乐的攒贝族	069
思想不消失	071
跌跌撞撞也是一种美	073
幸福的傻瓜	075
人生"冷后浑"	077
老歌情结	079

第二辑 人际万花筒：友好是黑暗里的一束光明

朋友是一豆灯	083
鸭脖子外交	085
"马上"方能不留遗憾	087
你在心上	089
或许流行的搭讪	091
最后一个客人	093
离房东远点	095
"同居"女孩吴孟君	097
串　门	099
邻居的门铃	101
马路绅士	103
我的邻居是大款	105
被一枚蛋"识破"	107
空出来的博爱座	109
玩的规则	111
用尊重换回尊重	113
爱的漂流	115
友好是黑暗里的一束光明	117
借钱"三步曲"	119
二十六床	121
左手的尊重	123
帮民工大哥买回家的票	125

贺卡里的温暖 ·················· 127

无法抵达的咫尺天涯 ············· 129

懂得承担 ···················· 132

女孩来看我 ··················· 134

差评不是能随便给的 ············· 136

让　棋 ····················· 138

分享月 ····················· 140

请记住别人的名字 ··············· 142

我的麻辣邻居 ················· 145

第三辑　职场航站楼："雪藏"你的借口

每天都是试用期 ················ 151

相信自己，相信明媚 ············· 153

让不想回家的人回家 ············· 156

"唠叨王"走运 ················ 158

回头是春 ···················· 160

意外的全勤奖 ················· 162

为谁工作为谁忙 ················ 164

无法收回的电话 ················ 167

薪水机密 ···················· 169

求职"情侣档" ················ 171

"人造"美女 ················· 173

糊弄老总 ···················· 175

你预见明天，明天青睐你 ………………………… 177
时间没有想象中的充裕 …………………………… 180
乐观是一桶金 ………………………………………… 182
"雪藏"你的借口 …………………………………… 184
把你的愿景喊出来 ………………………………… 187
学会"回头看" ……………………………………… 190
把香味留在别人的脚跟上 ………………………… 192
向日葵看不到太阳也会开放 ……………………… 194
重用自己 ……………………………………………… 196
职场微目标 …………………………………………… 198
"光头帝"应聘 ……………………………………… 200
开车面试不被拒 ……………………………………… 202
双面娇娃 ……………………………………………… 204
随手关机 ……………………………………………… 206
不可复制的愚人节玩笑 …………………………… 208
扣错的纽扣 …………………………………………… 210
不懂就问是职场捷径 ……………………………… 212
机会是有期限的 ……………………………………… 215
笑不到最后的"机会主义" ………………………… 217

第四辑　成功刻录机：逐梦永远不迟

辜负之后，别再辜负 ……………………………… 221
理科班的才子 ………………………………………… 224

梦想是会变形的金刚 ········· 227
逐梦永远不迟 ············ 230
在他乡开放的樱花 ·········· 232
可爱的专一 ············· 235
诚信之道 ·············· 237
柚上"林黛玉" ············ 239
从"心"出发 ············ 242
老手艺　新商机 ··········· 244
一座没有特产的城市 ········· 246
把时间弄丢了 ············ 249
邮差总按两遍铃 ··········· 251
一根香蕉的转机 ··········· 253
逼出来的招牌菜 ··········· 255
谁都可以是人生大赢家 ········ 257
幸福也有密码 ············ 259
东子的贵人 ············· 261
"召回"黑心棉 ············ 265
再续一壶茶 ············· 267
本店"不同款" ············ 270
死胡同里的"旺铺" ·········· 273
在火锅店里淘金 ··········· 275

第一辑

心情加油站：给自己扮个笑脸

永葆童心

下雨打伞,总是故意地转那把伞。

下雪的时候张嘴吃雪。

吃完瑞士糖之后,将糖纸包回原本四四方方那个形出来。

……

这是网友贴出的童心测试题的选项,如果以上的"傻事"做得越多,代表被测试的人越有童心。

发现自己做过类似"傻事"的网友,都发自内心地为自己的童心高兴。而我惊喜地发现,自己做过选项中的所有"傻事",简直是个童心爆棚的家伙。

童心是自然的轻风、清澈的湖水、翠绿的树叶。童心没有尔虞我诈的斗争,没有名利的追逐,没有金钱的交易。童心是画布上凝固的美好、琴弦上流淌的音符、原野上飘逸的雪花。童心,让纷繁芜杂的世界变得纯净,让高分贝的城市变得宁静,让受伤后的人找到回家的路。

　　童心不是娃娃脸，童心不是黝黑的头发，童心也不是娇嫩的肌肤。童心是一种心境，而不是一种年龄。年龄的递增我们无法阻止，也无法清零逝去的岁月，更没有返老还童的法术。童心，就在我们心底，呵护便是一种拥有、一种珍惜、一种延续。

　　永葆童心，是一个美妙的梦想，无关财富、荣誉和权力，却能涤荡我们的心灵，让我们崇尚简单却快乐的生活方式。当然，童心并不仅仅是转动伞柄、张嘴吃雪或叠糖纸，也不仅仅是回归孩提时代的游戏，更不是穿一身扮嫩的服饰。

　　永葆童心，我们便可以放下繁重的负担，卸载拖沓的人生程序，轻松面对日出日落、花开花落。不论我们在城市还是乡村，不论是狂风暴雨还是艳阳高照，不论我们做或不做这样那样的"傻事"，我们的人生都有一种别样的质地，那便是永葆童心的至高境界了。

人生没有伤心地

如果可以自主地拥有一段旅程，相信每个人都有想去的国家或城市。可是，提到不想去的地方，每个人的选择几乎都一样，那就是不愿意去伤心地。

古诗有云：男儿有泪不轻弹，只是未到伤心时。伤心是一种黯然的负面情绪，大多数人不愿走向伤心的情绪，更不愿轻易踏足曾经的伤心地。旅行是一件快乐的事情，人们常常说旅行有疗伤的效果，既然疗伤自然要离伤心地越远越好，远到从记忆里彻底地退场。可是，伤心地跟伤心往事一样，是心灵深处的一颗毒瘤或者定时炸弹，总有一天还会摧毁我们的安宁和快乐。

爱上一个人，恋上一座城，是爱情铺陈的起点，闻花花香看景景美，情人眼里不仅出西施，而且也生长出一座完美的城市。然而，当甜蜜的恋情走到终点，曾经美好的城市不是下起雨就是被雾霭笼罩，心底最初的美好也不复存在。离去的爱情是身心的一道伤口，而城市也变成一枚结了痂的痕迹，时不时都会透出隐隐的痛。曾经，我也经历过几段失败的恋情，在佛山、襄阳或长沙都告别过爱情。

后来，我有许多出游的时间和机会，我却从来不去这三座城市，哪怕佛山有全国第一间双层书店，襄阳有古三国绵绵不绝的气息，长沙又有娱乐之都、休闲之都的美誉。纵使它们曾经多么的在心底汹涌，我也曾多么多么的迷恋和向往，当欢乐地变成了伤心地，当城市沾染了伤感的情绪，我便自觉或不自觉地疏远或逃离。甚至在网络里，我都害怕遇到伤心地的网友，害怕渐渐平息的痛再一次汹涌。

当然，每个人可能都会有自己的伤心地，或许跟爱情有着千丝万缕的关系，或者跟斑斓的情感世界完全无涉。是一次糟糕的旅行体验，是一次失败的业务洽谈，是一次憋屈的消费过程，既然一座城市能够成为伤心地，必然有伤及骨髓的疼与痛，不然断然不会从此远离、从此屏蔽、从此下定决心不入伤心地。可是，就算你我伤心欲绝，就算你我辗转反侧，城市还是原来的城市，不悲不喜，像亘古不变的历史。

其实，人生不该有任何的伤心地，不请自来的伤心跟伤心地无关，那些不期而遇的忧伤或悲伤，跟城市的一草一木、一楼一宇全无关联。与其跟一座无辜的城市较劲，倒不如和往事说拜拜，和纠结的痛、郁闷的烦和无解的愁说拜拜。从哪里跌倒从哪里站起来，用最明媚的心态跨越伤心，每座城市都只是我们匆匆的历程，人生就该没有任何伤心地，这样方能从容地出发或抵达、前进或回归、付出或得到。

人生没有伤心地，不再回避亦不纠缠，从此淡定而无畏地走过每一座城市，阅读每一份不一样的风景和人生。

月亮的耳朵

《月亮的耳朵》是发在某报副刊的文章,编辑是我的朋友作家周华诚。这篇文章很清新,也很温馨,写的是"指月亮、割耳朵"的传说,几乎每个妈妈都给孩子讲过,作者菡子用这篇小文来怀念天堂的妈妈。

文章刊登后,周华诚发了一个微博:我编副刊版,刊发了一篇500字小稿子,作者菡子是一位外来务工者,在建筑工地上扎钢筋。圆珠笔抄写在方格稿纸上,一字一字。没有地址,只有一个电话。稿子发出后,我给他打电话,他很高兴。他说在这城市,他没有地址。他不要稿费。我说,一百多块稿费,也能吃两顿好的。于是,他告诉了我广西老家的地址。

菡子和我们每个人一样,曾经都是妈妈疼爱的孩子,在妈妈的疼爱里成长,又默默地走到更远的地方。可是,人生是冰冷而坚硬的,当别人在写字楼饮茶时,菡子只能在工地劳作。本以为城里的

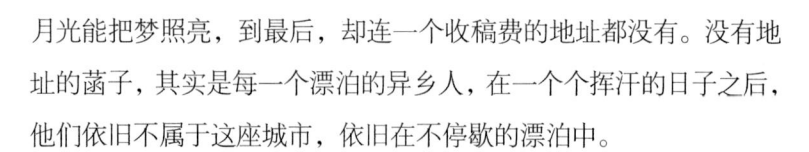

月光能把梦照亮，到最后，却连一个收稿费的地址都没有。没有地址的菌子，其实是每一个漂泊的异乡人，在一个个挥汗的日子之后，他们依旧不属于这座城市，依旧在不停歇的漂泊中。

可是，人生又不总是那么灰暗的，比如别人上网菌子却在方格稿纸上笔耕，比如没有地址仍能被编辑赏识获得刊登机会，都像黑夜里熠熠生辉的萤火虫，给人生一缕可贵的光亮。最平凡的生活也可以逐梦，最苍白的时光也可以绽放，最寂寞的时刻也可以灿烂，收起心底的阴霾、无谓的自卑和不合时宜的懦弱，迎着风迎着雨就像迎着阳光，最终总能抵达梦想的彼岸。正能量是暖的，正能量不必寻寻觅觅，当我们拥有自己不移不动的心，便拥有了无与伦比的正能量。

或许，生活是笨的，我们却可以快乐。笨生活，快乐活，月亮的耳朵会听到，天堂的妈妈会听到，整个世界都会听到我们从容的足音。

有多少雪可以重来

不是天涯海角的南，不是南粤大地的南，而是江南的南。生活在这样的南国，少了热带雨林的浪漫，少了四季暖阳的滋润，但是依旧有无法取代的快乐。

就像当下的寒冬，北方早已是千里冰封、万里雪飘，南国却只有一场早到的雪，诗化了城市的雪随后被风带走。而更南的南国依旧是晴好天气，年复一年地与雪无缘，雪成了无法捕捉的梦境。

天气预报预测着南国会再下一场雪，可是第二场雪最终成为了今冬的传说，不够彪悍的冷空气带不来我们盼望的雪景。其实，我们有一点点失望，但是更多的却是释然：有多少雪可以重来。

南国的雪，和浪漫的圣诞、温暖的春节一样，仿佛是一年一度的狂欢。或许就是这样，极致的快乐从来都是可遇不可求的，南国难得一回飘飘洒洒的落雪，落雪之时该珍惜，错过只能再待来年。

你还在暖气房里感受着反季节的温暖吗？你还在无聊网游里打

发着时间吗？你还在 KTV 里高唱口水歌吗？落雪时分，是城市走向沉静的时刻，是尘嚣被覆盖的时刻，是爱呼唤回归的时刻，你的心有没有被雪召唤呢？

和爱人走过落雪的小径，和孩子堆一个可爱的雪人，和恋人来一场雪仗的较量。漫步让和睦的家庭更温馨，逗趣的雪人让孩子更快乐，恋人在雪的装点里更美丽。纵使今冬的雪真的不会再来，那些被珍惜的快乐，也会让冬天不会疏离幸福。

无需为"有多少雪可以重来"感叹，那一季绝无仅有的雪更显得珍贵，更让我们铭记，也更让我们了无遗憾。

别人的幸福我们的风景

朋友庄洒住在一个不大的小区里，整个小区由两个部分组成：一个部分是高层的电梯房，一个部分是临湖的别墅。我经常去庄洒家里拜访、做客或蹭饭，却很少走到小区的别墅区。

最近，庄洒陪我在小区里闲逛，不知不觉走到了别墅区。别墅区人口密度小、环境好，再加上美丽的湖景，顿时让人有心旷神怡的感觉。而一些别墅的主人在花园里侍弄着花草，满园的花香随着轻风徐徐吹来，让别墅外的我也陶醉不已。还有一些别墅的主人在花园里，放置了藤椅、秋千或棋盘，小夫妻依偎在一起说着甜言蜜语，或者三五好友在品茗聊天。像欣赏一部精彩的剧集，我很快就不自觉地入了戏，仿佛自己也生活在这里。

离开小区的别墅区，我忍不住问庄洒，"同在一个小区，人家住别墅，你住电梯房，心理有过不平衡？再看看，你只有一个小小的封闭阳台，人家却拥有大大的私家花园，会不会因此怨上天不公？"庄洒笑着说，"再大的房子也不过是一个家，我不会艳羡不属于自己的别人的家。至于别人的花园，那是关也关不住的风景，别人辛苦忙碌着打理，我却成为坐享其成的欣赏者。"随后，我和庄洒回到他的家，在他家的阳台上远眺，别墅区的一个个花园，真的就在我们的眼皮底下。

我们的人生需要有一双发现美、发现风景的眼睛，更需要有一颗淡定从容、容易满足的内心。其实，只要内心保持充盈和丰满，"别人的花园我的景"便能实现，快乐也就触手可及了。如果别人搭建了幸福，我们却没有达观观赏的兴致，反而在比较或计较中懊恼，那么只会离快乐很远。

在生活中，很多人总会抱怨不幸福，却时刻艳羡着别人的幸福。卞之琳写过《断章》：你站在桥上看风景，看风景的人在楼上看你。明月装饰了你的窗子，你装饰了别人的梦。其实，别人的幸福无形中成为我们的风景，殊不知，我们的幸福也是别人惦念的风景。人总是身在福中不知福，却又感慨别处的风景好。

把别人的幸福当作我们的风景，这是快乐人生的加法策略，我们加进来的是动力和活力，加进来的是热情和希望。我们欣赏别人的幸福，可以预见自己的快乐，人生的差距或许是客观存在的，但是努力就可以做更好的自己，或许我们最终都无法取代别人，但是明天我们总会感谢今天拼命努力的自己，以及从别人的风景里得到的启发。

回到朋友庄洒的小区里，不管住在电梯房还是别墅区，相信最美的还是阳光般的微笑，只有微笑才是胜过一切的风景，是最值得品味的幸福。

穷人的牢骚

大朱是文字上的朋友，见面之前神交已久，从他发表在报刊的文字，我知道他是个很懂冷幽默的写手。

时间长了，同一个城市生活的我们见面了，而且还成为了无话不谈的朋友。大朱为人热情、厚道，是个人见人爱的好朋友，和他在一起不愁没有话题，不担心会冷场。其实，更多的时候是大朱的"一言堂"，他最大的特色是爱发牢骚，发起牢骚没完没了……

多年前，大朱所在轮胎厂倒闭了，拿着最低生活保障费，在一家又一家的公司做销售。月薪只有可怜的几百元，要靠业绩才能拿到略微高些的收入，来养活单身的自己。

大朱在跑业务的空隙，会钻进路边的网吧写些文字，投给全国各地的报刊，每月能换来超过薪水的稿费。按说大朱总计四五千的收入，过得应该还算滋润，可是他总对我们说，"跑业务和讨饭差不多，还不够每天的车钱饭钱。写文章换稿费顶多是个文字民工，比起坐在窗明几净写字楼的编辑，简直一个天上一个地下。"倘若发稿不畅，那些无辜的编辑难免会上"黑名单"，会再度被大朱的口水所淹没。

转眼，大朱也做了编辑，不过是在规模小的学生杂志。不必每天在街上奔波，进了办公楼，可以翘着二郎腿办公，还能抽空写字赚钱。大朱依旧没有让自己"脱贫"，"穷啊穷！报纸编辑动不动就万儿八千的月薪，我们这些小刊编辑简直是包身工，只干活不拿钱。"握着轻轻松松拿到两三千的薪水，大朱还感慨地说，"本命年都过了三个，房子票子妻子都没影，告别穷人的日子看来遥遥无期了。"

接着，三十七岁的大朱买了套二手房，娶了小他一轮的漂亮老婆。可是，大朱三十该立而晚立，四十不惑却依旧困惑，他招牌式的牢骚依旧"屹立不倒"。大朱这天说，"唉，老婆的大学女同窗嫁了个老总，住进了别墅式的洋房，你知道现在洋房多难买。"我忍不住插嘴，"你都抱得美人归，还怕老婆跑了不成？"大朱一脸忧伤地说，"跑是跑不了了，但是为了让她心理平衡，我在承包做饭的基础上，还要每天洗碗做补偿了。"再过一天，大朱又说，"楼下的住户买了辆新车，足足要三十万，而我们还住的是买来的二手房，悲哀啊！""人家住的不是和你一样房龄的旧房吗"，话到嘴边我还是忍住了，担心大朱会说，"弄不好，人家第二套房也差不多了，人比人气死人。"

不过，大朱牢骚归牢骚，日子却越过越红火，准备开家小的文化公司，还要按揭买辆轿车哩。

比起我，大朱可不算是个寒碜的穷人，可是在他看来他却是彻头彻尾的穷人。而那不绝于耳的牢骚，仿佛是穷人在身处困境时的另类动力，从来不放弃追求财富的动力。换言之，有牢骚的穷人不是没有希望的，但是如果将牢骚化作动力，那么穷人离致富的目标便会近一些，再近一些！

红薯飘香惹人爱

人行道上，老人推个烤炉慢慢地走着，熟悉的红薯香味侵入鼻腔。虽然不至于像个如获至宝的孩子，立即买上一个大快朵颐地品尝，但是那些和红薯有关的记忆却泛上心头。

在我的家乡江汉平原，红薯有个土里土气的名字——苕。而苕有着愚蠢、傻气的含义，人们经常用苕货、苕家伙形容不太灵光的人。正基于此，民间便有"吃红薯会变苕""越吃越苕"的说法。显然，红薯是受到了苕的"牵连"，这些莫须有的说法根本站不住脚。据资料显示，红薯含蛋白质、钙、磷、核黄素、葡萄糖等成分，还富含胡萝卜素、维生素E和维生素C。在日本科学家排出20种对肿瘤病有抑制效用的蔬菜食品中，生熟红薯牢牢占据"状元"和"榜眼"的位置。欧美人士更是赞红薯为"第二面包"和"高级保健食品"。

生红薯口感清脆香甜，或蒸或烤的熟红薯入口绵软芬芳，都是不错的选择。纵使如今已长大成人，长辈们将红薯切片准备蒸烤时，我们依旧会忍不住偷拿一两片尝尝。生红薯的美味不似水果胜似水果，让我们吃够了各种奇异果品后，对最平凡的红薯有最原始的依恋。熟红薯入桌往往也是一道风景线，红通通的颜色勾人食欲，每一口都是温暖的缠绵和缱绻。想来，红薯是有一点爱人的味道，在岁月中失去了耀眼的光芒，却依旧让我们迷失的心无比充实。

　　当然，最爱吃的还是街边的烤红薯，铁皮桶做的烤炉并不怎么美观，卖红薯的老人也没"麦叔叔"可爱，但是那种弥漫开来的香味，却让年少时的我们挪不动脚步。每次，长辈破费为我们买来一个，总会一脸微笑地看着我们吃完，那个过程仿佛比自己吃还来劲似的。再后来，是和自己的小恋人去街边买烤红薯吃，剥开被烤得漆黑的红薯皮，里面是令人神往的"美丽新世界"。吃过烤红薯，小恋人成了大花脸，但是寒风吹过的街头，我们却温馨地笑着，牵着手走着……

　　"我能想到最浪漫的事，就是和你一起吃吃红薯，慢慢变老……"改过的歌词，在吃着红薯的时候，特别地契合着我们的心情。人生的际遇变幻莫测，未来的我们或许一切荣华富贵在手，或许仍是奔波的城市穷忙族。但是，倘若我们都能够停下片刻，和爱着的人吃熟悉的烤红薯，相信坚贞的情感绝不会被岁月磨灭，反而会一如红薯年年茁壮地成长着。

　　卖烤红薯的老人被风吹红了脸，人行道上匆忙来去的路人鲜有驻足的。我不由自主地上前买上一个，并不急着剥开品尝，只是揣在手心，让一种实实在在的暖，传遍整个身心……

饭里乾坤

作家王国华写过一篇文章，大意是南方人吃早餐边走边吃，而且吃面不用大海碗却用杯子。其实，作家所说的杯子是一次性纸碗，对于热爱米饭的南方人来说，吃面从来都只是生活的点缀。

南方人常常喜欢忆苦思甜，最苦的日子莫过于饿肚子，或者没有热腾腾的白米饭吃，甚至只能可怜兮兮地吃糠咽菜。吃糠咽菜我是没有经历过，甚至连见都没有见过，但是穷人家的孩子也是苦过的。小时候，虽然家里的米缸没有断过米，但是餐桌上总是少见荤腥。有时候，甚至上一顿还有两盘菜，下一顿就只有一锅剩饭。母亲变不出多的菜色，于是就着厨房里的油和盐，给我和妹妹炒了一大盘油盐饭。油的香与盐的味交汇，让我们可怜的味蕾得到满足，转眼就吃掉了两大碗饭。

再后来，生活条件略略好了一些，吃油盐饭的机会就少了许多。不过，家里吃肉的次数并不多，一个月下来，常常也吃不了几回肉。

就算是买回肉，母亲也会先在锅里炸，恨不得滤出全部的猪油才罢休。那些猪油很快凝固成好看的乳白，而往后的日子，就算没有肉吃，菜里也多少会沾点猪肉香。而贪嘴的我和妹妹在吃白米饭时，偶尔会舀上一小勺猪油抹上去，那碗饭便会分外清香扑鼻，顿时也就胃口大开了。

说到炒饭，很多人都吃过蛋炒饭。一碗蛋炒饭，没有任何配菜，也能吃得香喷喷、乐滋滋。许多厨房白痴都会做一个菜，那就是番茄炒蛋，甚至会引以为荣。其实，会做蛋炒饭的厨房白痴也不少，简简单单的蛋与饭的融合，却也能成就一份草根的美味。后来，蛋炒饭越来越普及，在街边的小炒摊、大餐馆或大酒店，总能见到蛋炒饭的影子。然而，最好吃的那碗蛋炒饭，八成是母亲亲自炒的，后来或许是爱人、孩子炒的。而最有名的那碗蛋炒饭，显然是周星驰电影《厨神》中的黯然销魂蛋炒饭。

其实说到白米饭，不仅仅是各式各样的炒饭，还有江西煨汤馆里的蒸饭，蒸饭几乎赛过各种各样的营养汤。关于米饭，许多人也有崇洋媚外的习惯，不爱国产米偏爱泰国香米。其实米粒大而饱满、蒸熟后香气扑鼻、口感上佳的国产米并不少，爱吃面食的东北人就种出了东北米。时下，市面上白米饭大行其道，比如盖饭、荷叶饭、木桶饭，就连各家洋快餐也盯上了白米饭。

比起北方人，南方人确实更加热爱饭一些，面食只是南方人饮食的补充，而白米饭却是不可或缺的主要食粮。正因为如此，白米饭到了南方才会有了更多的精彩，就像爱面如痴的北方人一样，而南方人更了解、更懂得米中奥妙、饭里乾坤吧。

仙岛湖的"特色菜"

一次笔会，我跟美食作家方八另去仙岛湖采风。临行前，我跟方八另说，组织方安排的是地地道道的仙岛湖特色的农家菜。方八另顿时眼前一亮，身为美食作家的他并不钟情大酒店的精致美食，更愿意去品尝贴近泥土、贴近民间的原汁原味、不事雕琢的农家菜。

先说说仙岛湖，仙岛湖位于湖北阳新境内，与杭州千岛湖、加拿大千岛湖并称为"世界三大千岛湖"。等我们到了仙岛湖才知道，其实仙岛湖一直还留着"千岛湖"的牌坊，仙岛湖在很长的岁月里其实就叫千岛湖，后来为了避免和杭州千岛湖重名才易名的。仙岛湖风景秀美，水在岛中、岛在水中，在山顶俯瞰，大大小小的岛屿和清澈的湖水，组成了一副曼妙的图画。而乘船穿行其中，又有一番别样的情趣在其中，让我们心底充斥着诗情。

山岚之下、水波之上，是原生态的农家风情，餐桌上自然是以农家菜为主。水乡的农家菜少不了小鱼小虾、土鸡蛋，还有就是山上野生的各种菌类，土鸡汤、土猪肉也表达着农家的盛情。农家菜最初让久居都市的人心生新鲜，然而农家菜的略显单调也难免让人畏惧，这不，有与会的90后作家便开始牢骚满腹，比起大酒店的奢华差远了。我不由也有了疑问，仙岛湖到底有没有特色菜，或者仙岛湖菜色的特点到底是什么？

其实，城与城、山与山或水与水相隔并不遥远，一时一地要凸显其特色并非易事。就算仙岛湖餐桌上有嚼劲十足的苕粉肉丝、指头大小的小鱼风味独特，可是依旧有一种似曾相识的感觉，那不是一种独属于仙岛湖的感觉。有人来自相邻的省城武汉，有人来自北京或南京或长沙或桂林，这样一趟旅程里的美食加分不多，平添了一丝挥之不去的遗憾。

就在我们不经意间，农家的餐桌上摆了一盆貌不惊人的锅巴粥，就像钻进人群就会被淹没的平凡的路人甲。锅巴粥大抵是作为主食端上来了，大家纷纷盛上一两勺在面前的小碗里。锅巴的糊味、苦涩和着米汤的清甜，就那样惊艳着我们的口腔，让迟钝的味蕾骤然被唤醒。"再上一盆""再上一盆"的呼声在农家餐厅里此起彼伏，那是一种相见恨晚的呼唤和感动。

主食锅巴粥俨然成为仙岛湖的"特色菜"，这不仅是仙岛湖的主人始料未及的，也是我们这些近道或远道而来的客人不曾想到的。可是，美食与我们的邂逅也是一种缘分，缘分不就是来自于枯燥相逢后的一次火花吗？

刷客不读书

不是我不明白，这世界变化快。博客、晒客和播客陆续亮相后，刷客又闪亮登场了。说起来，我便是一个名副其实的刷客，每天都在各个书店"刷"来"刷"去的，"刷"得书店都开始高挂"刷客免进"的告示，来拒绝我这样的刷客一族。

说来说去，大家或许还不太明白，刷客到底是怎么一回事？其实，刷客是随着用于抄笔记、翻译文章的"E摘客扫描笔"的出现而应运而生的。

"E摘客扫描笔"是一款以OCR技术为核心，集合了扫描、识别、翻译、发声、屏幕识别等功能的便携式电子产品。它实现了纸质文档的电子化摘抄，具备超大内存空间，可以存储数百万个汉字。换言之，在书店"E摘客"一出马，几十本新书便轻而易举地收入"E"中了。

爱书之人多有抄书的"喜好"，拿上笔记本和笔在书店边看边摘抄，也算是"取其精华"。书店方面对抄书一族，内心大抵是不太乐意的，不过表面上还是视而不见地"放任"。但是，抄书实在是一份磨人的苦差，有人便动了拍书的心思，可惜工程浩大难以"推广"。那时的抄书一定会想，如果拍书变得更简单，甚至能像克隆般瞬间将书占为己有，该多好。

　　科技的发达，往往带给我们的生活更大的便捷，"E摘客"应该就是这样一项贴心的产品。书店到底有没有权力拒绝刷客，刷书到底是不是偷书，现如今还没有明确的结论。而刷客就这样带着巨大的争议横空出世，并不可阻挡地成为了新的文化时尚。

　　迷上刷书后，我等爱书之人"拥有"书籍，甚至汗牛充栋都不再是奢望。不过，刷来的书毕竟是电子书，电子书难以彻底取代纸质读物。而阅读电子书带来的视觉疲劳，也渐渐让阅读的快感日渐萎缩。而我也意外地发现，当上了刷客后，我对刷书兴趣盎然，电脑里储存了数量惊人的书籍，但每天看几页书的习惯没了，甚至出现与阅读绝缘的迹象。

　　古训说，书非借不能读也。或许是刷来不费工夫，让刷客不太珍惜阅读的良机，最终造成了刷客不读书的怪状吧。最后要说的是，读书也好，刷书也罢，囫囵吞枣不是良策，吸纳后的消化尤为重要。

我的读书基金

"书到用时方恨少",是我幼年就懂的道理,读书成为我的习惯和爱好。可是,与琳琅满目的好书相遇时,爱书的我却不得不常常面对囊中羞涩的尴尬现实。拥有一笔丰厚的读书基金,让我想读书时可以想买就买,是藏在我心底最大的心愿。

学生时代,由于家境的贫寒,父母除了供我念书和吃穿,就再也没有办法拿出更多的钱,让我去买自己喜欢的课外书籍了。可是,那些书籍的吸引力实在太大,让我每每挪不开脚步、撤不走眼神。摸摸口袋,那是父母给的吃早餐的零钱,根本不够买一本新书。"办法总比困难多",小小的我想到了办法,将每天的早餐"简化",甚至时不时不吃早餐,攒够钱就去买回自己心仪的书。那段岁月,我经常是饿了肚子,却拥有了捧读的快乐——一种来之不易的快乐。

工作了,手头略微宽裕了一些,自己的钱自己可以支配。但是,有太多的责任、太多的负担、太多的未来在前面,所以我依旧不敢大手大脚地花钱。书籍对我的吸引力不减,在日复一日的奔走后,在勾心斗角的竞争后,在疲惫的加班或辛苦的差旅后,我最喜欢的还是读书的感觉。为了拥有一份专属的读书基金,我只好减少娱乐项目的花费,推掉没完没了的吃请。或许买书读书的时光是寂寞的,但是那份寂寞胜过了城市里的喧哗,胜过了推杯换盏的热闹。

　　结婚后,房贷、车贷和抚养孩子的压力汹涌而至,那些可爱的书籍好像成为海市蜃楼了。好几次,我非常诚恳地向爱人申请"读书基金",爱人头也不抬地说,"每月的钱都刚刚够用,哪有钱给你买书?如果你真想要读书基金,那你自己想办法赚点外快啊。"于是,我选择码字投稿,文章发表了就会有稿费寄来。一笔笔稿费虽然不算多,但是也足够应付我买书的开支。而且读书的过程,又让我下笔时更从容、更得心应手,这样发稿就越来越多,读书基金也越来越多了。

　　有了属于自己的读书基金,买好书、读好书将不会再是奢望,"腹有诗书气自华",人生也会更充盈、更美好了。

书中有凉意

街角的那间新华书店是我常去的,书店由最初小小的一间发展到两层楼的规模,盛极而衰,渐渐又从两层楼"萎缩"到一层楼的规模。前不久,一层楼的面积一分为二,一半是书店,一半在卖烤鱿鱼、鸡翅和冷饮。

书店的规模是小了些,书的摆放也受了些拘束,看书、买书的人依旧在。书店外是炎炎烈日,书店内是凉风送爽,空调的冷气滋润着皮肤,有一种季节颠倒的快乐和错乱。或许书店里有贪凉的路人,更多的却是对文字有渴望的读者,夏日捧读的凉意是由外而内的,那种清凉是身与心的美妙融合。

宋真宗赵恒曾在《劝学诗》写道:"富家不用买良田,书中自有千钟粟。安居不用架高堂,书中自有黄金屋。出门无车毋须恨,书中有马多如簇。娶妻无媒毋须恨,书中有女颜如玉。"短短几行诗,对书如痴如醉的喜爱跃然纸上,对书的期望值也不可谓不高。

"居家不用安冷气，书中自有凉意起"，或许有些狗尾续貂的意味，但是也是夏日捧读心境的写照。

当然，并不是每本都有凉意，并不是每本都能让我们心静自然凉，快快乐乐地度夏。那些哗众取宠的书、那些标新立异的书，那些语不惊人誓不休的书，或许凭借包装能换来销量，但是来匆匆去匆匆无法在我们心底驻扎。反倒是那些文字优美的、低调的、小众的书，让我们在安静捧读时，将滚滚的热浪抛诸脑后。

比如，一位文友自费出版的书，我在一年又一年的夏日，从书柜里翻出来倾心重温。每一次的阅读，都有新的发现、新的感悟，也是跟文友心灵更大的契合。文字滋养着心灵，文字的优美塑造心灵的优美，心灵的清凉才是季节的清凉，让一段难熬的岁月优雅地度过。

书中有凉意，是文字对心灵的馈赠，也是心灵和文字的机缘。倘若在夏日，能拥有一次快乐的阅读，收获一份透心的凉意，那就真妙不可言、乐不可支了。

秋日书香溢

秋日到来时，我的案头多了很多书，散发着浓郁的油墨香。这些书，有的是网购而来的，更多的是朋友所赠。

朋友馈赠的书，或许您认为多是自费书。您这么想就太武断了，我得到的大部分赠书，不仅不是自费书，甚至是市面上的畅销书。多年的朋友成为了畅销书作者，这当然是一件值得高兴的事情，留给岁月的不仅有文字还有成长的轨迹。

至于网购而来的书，我或许是追热门，或许不追热门。无论如何，每一本被我从网络"请"回家的书，都是我会好好阅读的书。毕竟，网购就算再低价也是一笔开支，而且还有一个等待邮递的心灵煎熬，如若不是一本好书，我断然不会随便下单。

不管书来自何方，落在了我的案头，便是我心灵仓库的财富。特别是在秋日，在秋阳高高挂、秋叶悄悄落的秋日，一缕书香像春天的轻风、夏日的清泉或冬天的暖阳，让身临其境的人收获诗意和快乐，而书香更有着秋天果实成熟的味道。

庄稼人爱说"秋天是丰收的季节"，丰收是一个让人喜悦的结局，也会让人有短暂休整的打算。在休整的时间点，或许再也没有比读书更美妙的事情，那些芜杂的记忆和忙碌的生活搁浅在书页之外，只有心灵和文字进行着完美的碰撞。

或许不在遥远的乡间。在午后的写字楼，在双休日的阳台，一本书能让秋日的百无聊赖，被文字的充盈彻底取代。城市的车水马龙、不绝于耳的噪音或职场的烦恼，都被文字的宁静和优雅所覆盖。

阅读也是适合秋天的旅程，在上下班的地铁和公交里，将人声和喧嚣都自动地屏蔽，眼睛和心灵只停留在文字里，停留在文字所承载的思想里。或许每一次出发都是惺忪双眼的，或许每一次抵达都是疲惫不堪的，可是文字却让黄叶缤纷的路途变得轻松，而不漫长。

也可以是一趟很长的旅程，或许窗外是旖旎的风光，或许是千篇一律的荒漠，车厢在不停地颠簸。坐的是风驰电掣的高铁，或是逢站必停的绿皮车，为别的车安安静静地停驶，那都是属于外界的繁华或芜杂，而字里行间没有秋风，没有秋雨，也没有秋天的坎坷和停泊。

一个故事，就可以让一趟旅程不寂寞；一个情绪，就可以让黄昏变得有诗意。书的分量很轻，却可以让我们的人生从容淡定。书的分量又很重，覆盖我们没来由的伤感和孤独。书让我们的秋日有了一种质感，有了一种光泽，挥不去，抹不走。

那些畅销或不畅销、自费或不自费的书，如果在某一个秋日抵达案头，一个又一个的案头，然后被拥有者倾心阅读，想必那些书的作者也是快乐的。而被书香环绕的秋日，有了盈盈的书香、深深浅浅的文字和思想的喷发，秋日也是别致而深刻的。

那些穿越我心灵的书，我除了用记忆去铭刻，也会写上三两句心得或洋洋千言之书评。我想那不仅是对作者的尊重，更是与作者沟通的绝佳方式。当然，我每每出版一本书，也希望获得这样的尊重或沟通，也必定会为之欣喜莫名。

秋日书香溢。秋日无限美，书香分外浓，在时光的呼吸里，在文字的脉络里，我们终于收获了一种季节和人生的境界。

"拷贝"读书

"嗨,最近你看什么书？推荐几本好书给我看吧",或许因为我是一个勤奋的笔耕者,时常有文章见诸报刊或入选书籍,所以身边的朋友爱这样问我。遇到这样的问题,平时口若悬河的我每每语塞,不知道该如何回应朋友。

用文友的话来说,"写小文章,赚小稿费,过小日子"。平时,我就写写闲文章,看看闲书。那些闲书打发着无聊的光阴,也滋养着我空虚的心灵。但是,我真的不能确保,那些闲散的书籍同样能给朋友启发,或者能真正得到朋友的青睐。所以,我担心自己贸然的推荐,会让朋友陷入不必要的读书"歧途"。

不得不说的是,我自幼读书的随意性便很大,对于公认的经典并不迷信,甚至连四大名著都没认真读完。可是,我并没有勇气让朋友和我一样,在读书上"不走寻常路",和主流意识背道而驰。而且,读什么样的书才适合自己,相信不是可以"拷贝"

的。同样的书，于不同的人，很可能是南橘北枳的效果。

说起来，我也曾有过"拷贝"读书的想法，希望读书也能找到捷径。因迷恋某位作家的作品，于是很关心他会读什么书，他的思想来源怎么样的文字。可是，拿到作家提供的书单，才发现要么高深得"啃不动"，要么和自己的趣味南辕北辙，最终只能收起"拷贝"读书的念头，继续翻看自己爱看的闲书。

我也曾关注一些有趣的问题，许多作家的成功往往来源于某一本书。有的人因为读了路遥的《平凡的世界》从此爱上了文学，有人对创作的兴趣来源于金庸的武侠系列，还有人迷恋汪国真、席慕容的诗而成为诗人，也有人读了一本无名作家的书从此热爱写作。作家与书也是一种缘分，读什么书可以有所得，这谁都不可以预测得到，更别说拷贝别人的读书选择了。

时下，微信里，常常有人分享适合孩子的书目，书目大多来自名校或名师的推荐。许多家长对这样的书目很迷信，恨不得一股脑全买回来，然后让孩子快马加鞭地阅读。可是，阅读的动力来自兴趣，兴趣的建立并不那么容易。阅读是个体化的体验，没有一本书是谁都喜欢的，更别说让所有人都看同一套书。一套书就像一份营养，对于有的人是维生素，对有的人可能是催眠剂。

其实，读书是向书籍汲取养分的过程，但不该像学子般不畏枯燥，苦行僧般地死读书、读死书。别人读什么书，怎么读，或许可以给我们启发和借鉴。但是，我们真的不必"拷贝"别人，选择自己真正喜欢的书去读，这样才能真正拥有读书的快乐，心也才能真正彻底地舒展。只有读书成为一种自由的选择，我们才能在书籍中潇洒徜徉，最终抵达心灵想要去的地方。

所以，亲爱的朋友们，请不要打听别人读什么书，更不要试图"拷贝"读书。倘若"拷贝"了读书，却弄丢了自己思想和快乐，那岂不是一件遗憾和悲哀的事情？

留本书在枕边

于谦,明朝名臣,民族英雄,与岳飞、张苍水并称"西湖三杰"。他的原创诗句"书卷多情似故人,晨昏忧乐每相亲",说到了对于书卷的看法,让我很向往那种与书为伴的感觉。

坦白说,我应该算一个爱看书的人,捧读带来了源源不断的快乐和感动。小时候,老爸的书柜是我的一片小乐园,我总会抽一本似懂非懂地看,那些书中的文字或多或少驻扎进我的心灵。

"书中自有黄金屋,书中自有颜如玉",让我读书的欲望却少了许多,黄金屋和颜如玉都不是我的追求,我寻求的是一种心灵的舒展。学生时代,在攻克功课的同时,我有大把的光阴"泡"图书馆。泡茶,是香气的收拢和弥漫;淘图书馆,便是书籍的吸纳和消化。

上班了,职场竞争让我少了些闲逸,渐渐地读书的时间越来越少。当放下报表,放下合同,却不知道油墨香四溢的书藏在了哪里。其实,并非真的没有读书的时间,只是更愿意在网上冲浪,迷恋虚拟世界粗糙却逗趣的文字而已。

于是,有爱书的朋友劝我,不妨留本书在枕边。深夜入睡前、不期的失眠或清晨的阳光下,翻看枕边的一本书,这样的感觉真的不错。没有一气呵成看完整本书的仓促,漫无目的翻阅一页或者十页,在翻动中重温了阅读的快感,时光的流淌也开始唯美。

渐渐地,我开始疏远网络,网络上光怪陆离的生活,离我的心境很远很远。一本书就是一个美丽新世界,这个世界里只有文字的铺陈,所有立体的生活在平面的世界活色生香,而我的身心格外地自在从容。

我选择继续留本书在枕边,让书香近在咫尺地弥漫,或许书香还会窜进午夜的梦。如果梦里也有书页的翻动,相信那无疑是书虫的心跳的声音,美丽而真实,真实而隽永……

和一群无法亲近的鸟儿相望

前一天,城市里还刮着七级大风,第二日已是冬日无尽的明媚。在这样的冬日,在阳光绚烂的时刻,受邀前往一个叫"沉湖"的国家重要湿地自然保护区,是一件特别快乐、特别惬意的事情。

在城市里呆久了,与城市的无序喧嚣作伴,与挥之不去的雾霾作伴,湿地的气息是那么让人向往,而有鸟儿盘旋、掠过的湿地,更是让周旋于职场、商场的我们,找到了一次和鸟儿对话的机会。出发前,我们或许也会想想,该怎么跟鸟儿打招呼,和鸟儿说这些什么话,把什么样的心事分享给鸟儿。当然,无法否认的是,我们心底最强烈的冲动是,我们艳羡鸟儿无拘无束的飞翔,我们渴望跟天空和湖面的亲近。

据资料显示,沉湖是全球同纬度地区生态保护最好的一处湿地,栖息着至少五种国家一级保护鸟类,沉湖还是中国五大鸟类分布区之一,鸟类资源达 153 种,候鸟 117 种,仅每年在此越冬的大雁、野鸭和天鹅等水鸟就达数万只。显然，湿地之所在不仅是水和水生物的天堂，也是鸟儿自由聚集的天堂，那些平时不易接触到的鸟类，那些我们不得而见的猫着冬的鸟儿，都不再是遥远得无法触摸的风景。

到了沉湖，我们才得知，由于沉湖是湿地保护区，我们无法自在地走向湿地，更无法在湖面上潇洒地泛舟，那些清澈如碧的湖水，还有远处小黑点般的鸟儿，我们是无法随意亲近的。特别是看着远处低空飞翔的鸟儿，看着鸟儿一会儿昂首冲天，一会儿又在结着薄冰的湖面低飞，心底想接近的想法再次蓬勃。

堤岸上的风依旧很凉，却已没有了前一日的温度，这让我们的眺望变得从容，我们努力和一群沉湖的鸟儿亲近。可惜，我们只有一点五的视力，或者透过厚厚的眼镜片，才能看到远处模糊的风景，却不知道鸟儿的心情格外地雀跃，或者嘲笑着我们这些可望却不可及的家伙。当然，我们可以透过长焦镜头去观摩飞鸟，飞鸟每次拍动翅膀或者放空的表情，都可以一一地"锁"进眼底。可是，镜头的伸缩仍然是一种距离的存在，那一群无法亲近的鸟儿，俨然成为冬日里的一桩憾事。

可是，转念一想，距离何尝不是一种美，或许正是因为城市的扩张、自然被工业无情地侵蚀，湿地才应该得到更好的呵护。顿时，我也就释然了，此行仿佛有寻隐者不遇的遗憾，而和一群无法亲近的鸟儿相望，也是心灵的涤荡和幸福的勃发。

每片叶都是一朵花

季节的轮回,在日历牌的记载里,又不随日历的翻动而按时到来。季节是有着调皮性子的,有时候她踩着时间点赶来,有时候又毫无预兆地姗姗来迟,让我们遥遥无期地翘首期待。

夏天貌似已经很遥远了,而一夜入秋的记忆还在,秋总是有些突然袭击的。秋到底是从何处开始萌发的?是前夜骤然的暴风暴雨,还是大跳水后的气温,抑或箱底翻出来的夹衣的味道里?

秋天来到的时候,我们看看天空、看看原野,最终目光落到了树叶上。秋天是一个跟树叶有关的季节,仿佛每一片树叶都有秋的气质,仿佛每一片树叶都铭刻着秋的故事。其实,秋是从树叶上开始蔓延,树叶的脉络也是秋沉稳的脉络,树叶的枯荣也是秋的心路历程。

和夏日行走绿荫的心情不同,走到树叶开始渐渐泛黄的林间,仿佛能听到时光呼啸而去的声音,同时又能静静地感受秋日安好的气息。也许秋少了绿意盎然的喧闹，然而树叶却是秋日绝对的主角，枝头泛黄的树叶或者脚下的落英，构造着秋的风景、秋的情绪和秋的韵味。如果没有未凋落的黄叶和满地的落英，萧瑟的秋或许少了些许情趣。

秋日没有春天的百花争艳，每一粒果实都是春花的归宿。可是，秋日并不是真的寂寞和孤独的，秋季其实是第二个春天，而秋天的每片黄叶和落英，其实都是一朵最美丽的花。春花的芬芳在鼻尖、在呼吸里、在往来的风中，而秋叶的芬芳在画面里定格，在慌乱后安宁的心底驻扎，在岁月的深处被深深记取。比起那些秋日开放的寂寥的花朵，继续留守枝头或满天飞舞的黄叶，更能扣动穿越秋日的我们的心弦。

秋是第二个春，每片叶都是一朵花。秋日不是四季中多余的季节，秋日或许多多少少有着萧条的景象，可是秋日和秋日的树叶却是不甘平庸的。春天有春天的精彩，秋日也不乏春天的灿烂，每片叶都是一朵花，每片叶都有一颗跟花朵一般的花心，在城市或乡村，在看得见或看不见的世界里，恣意生长，灿烂，欢欣，圆满。

秋是第二个春，每片叶都是一朵花。我们芸芸众生也会走过春天，迈入秋日，或者比秋日更深的冬天。但是只要怀揣着最初的春天般的热情和浪漫，就像叶儿也会像花朵般耀目，我们的人生也会是最芬芳的春花，不惧风雨和严寒地绚烂。

不敢怠慢一瓣樱花

来江城近十年,度过了美好的光阴,每年的四月却是一段特别的记忆,武汉大学的樱花节不知不觉已深入我心。

初次目睹樱花之美,是来武汉的第一年,高中时代的同窗选择在武汉大学聚会。我们穿梭在樱园,如霞的樱花悬挂在枝头,那种优柔的美深深地打动了我们。照相机记载了樱花在四月的笑容,也记载了我们的友谊。

樱花的记忆终于铭刻在心,我也开始搜寻和樱花有关的一切信息。每逢花期来临,我总会迫不及待地一睹芳容。我更愿意相信,我和樱花是有一段爱恋的,要不为何久久牵肠挂肚,又倾注一切心力去爱护她。樱花也是善解人意的,在一场春雨后,她仿佛攒足了劲儿般,在枝头恣意地绽放着。虽然,樱花没有郁金香的鲜艳多姿,也没有玫瑰的花香,但是,一树樱花似一朵云,连绵的樱树仿佛是一片白色、绯红的云海。云海之上,是凭栏眺望的我,云海之下,是流连其间踏青的人流。

据文献资料考证，秦汉时期，樱花已在我国宫苑内栽培，至唐朝已普遍出现在私家庭园，樱花是从中国引进梅花时夹带到日本的，栽种樱花才千余年历史。关于樱花，唐朝诗人白居易有"小园新种红樱树，闲绕花枝便当游"的诗句。我突然"异想天开"，如果在四月的某一天，有幸和乐天先生徜徉在花丛，在花的世界里吟哦曼妙诗句，那该是多么惬意的事情啊。

走在樱花盛开的小径，席慕容的《一棵开花的树》漫上心头。"如何让你遇见我，在我最美丽的时刻。为这，我已在佛前求了五百年，求佛让我们结一段尘缘，佛于是把我化做一棵树，长在你必经的路旁。"不知道席慕容的本意为何，我更愿意相信这是樱花的心事。"阳光下慎重地开满了花，朵朵都是我前世的盼望。当你走近，请你细听，那颤抖的叶是我等待的热情。而当你终于无视地走过。在你身后落了一地的，朋友啊！那不是花瓣，那是我凋零的心。"

我终于明白樱花是有着忧伤情怀的，美丽的花雨里有她缠绵的柔情。也许我并不能真正洞悉樱花的心事，但是我认真地告诉自己：不要怠慢一瓣樱花，那是一种稍纵即逝的美，稍不留意，刹那间便只空留一枝的遗憾。

回家是最美好的方向

朝九晚五。最期待下午五点钟,那个时刻格外地美妙,不因可以告别老板的"监视",不因可以远离职场的勾心斗角,不因可以放下繁重的工作,而是因为可以快快乐乐回家。虽然自驾车会堵在拥挤的道路上,虽然公交车人挤人汗贴汗,虽然城市的雾霾还未消失殆尽,但是回家的快乐还是充斥心底。玩累的女儿在窗台守候,早归的家人已做好了满桌的菜肴,新闻联播里激动人心的正能量在传播,五点下班七点到家的我心情很好。

很多人都会厌倦熟悉的风景,或许是熟悉的城市、街道或小区,甚至那几十或一百多平方米的家。于是,"想出去走走,在一个没有人认识的地方,跟陌生人说心里话",便成了许多人最大的心愿。于是,一段段旅程被开启,城市的另一边或者远方的丽江或婺源,甚至是一个完全陌生的国度,成为了未知却美好的目的地。然而,最终我们都要回归,回归的念头会日渐澎湃,飞机、火车、长途汽车或的士,将我们从终点送回了起点。万水千山走过,我们却发现,所有的美景、所有的历程,都不及家里的那一豆灯火,以及亮起灯火的家人来得温暖。

家,不在于简陋或奢华,不在于拥有城市的喧嚣还是乡村的宁静,不在于楼下停着金色白马还是歇着破旧的自行车,有家人在一起的家才是真正的家,就像天王唱过的那样"家里人是我的骄傲",拥有家人就是一件非常幸福和自豪的事情。家不是一个不断被训斥的课堂,家不是一个制度严明的公司,家不是万众瞩目的舞台,家就是一豆灯、一张沙发或者一台取暖器,家就是血脉相连的一辈又一辈的人,家让我们忘记了寂寞、烦恼和挫折,家让幸福充盈、让快乐飞扬,让日子收获一种暖。

当城市的冬日越来越深的时候,街边不仅有越落越多的黄叶,还有比黄叶更热闹的一种景象——对,街边的火车票代售点开始热闹,每个代售点都排着长长的队列。首先出现的队列,是城市里的高校学子,寒假的到来不仅是学期的终结,也是异地求学后与家人团聚的机会,青春的记忆有孑然独行的寂寞,也有重新回归的家的温暖。不管身处怎样的高等学府,不管攻读多么厉害的专业,不管拥有多么高的学历文凭,学子永远是家人心底的孩子,甚至是温室里最珍贵的幼苗。

接着,那些外出求职的人成了排队买票的主力军。为了一张回家的车票,在凌晨凛冽的风中守候,在淅淅沥沥的冷雨中坚持,只为等待一张回家的票根,或许是有座的或许是无座的,或许只是一个售罄的答复。而新的一天,又开始一轮新的守候和坚持,回家的日子又晚了一天,而希望却并没增添几分。对于他们来说,能回家是幸运的,比加班工资更诱人,比三倍薪水更诱人,比城市的繁华更诱人,只因为列车的那一头是自己的家,自己那久违了的家乡和亲人。

不是有了房子才有家,而是有了家人才有家。人生有许许多多的方向,而不管我们走向哪里、歇脚于何处,回家永远都是最美好的方向。

且慢，群生活

人是群居动物，选择群生活，或许是不甘寂寞最好的体现。但是，在喧闹过后，宁静却是心灵的归宿，脱离群生活，是纷纷扰扰之后美妙的沉淀。

我曾经住在城区，从我的窗口便能感受城市涌动的生机。街道上，车水马龙，交通、购物都很发达，庞大的人潮构造了精彩的群生活。两个人的世界，可以亲密到鼻尖对鼻尖，甚至面对面、眼对眼。但是繁杂的群生活，却难免因为秩序缺失而产生混乱。喜欢热闹的人会很享受这样的生活，哪怕有小小的混乱，也不会无所适从。但是，生性好静如我，却手足无措，仿佛坠入了深渊。我总是尝试着在城市里寻找寂静的空间，哪怕只是片刻的独处。每当我悠闲自得地脱离群生活，我的心仿佛船驶进了风平浪静的港湾。

但是，快乐却是转瞬即逝的，我开始向往更加恬静的空间。于是，田园生活成为了我的选择，陶渊明"采菊东篱下，悠然见南山"

的画面，其实便是我向往的方向。用不多的积蓄在郊区买了套商品房，小区虽然远离闹市，但布局和环境都不错，一切的一切算得上精致。而更让我惬意的是，从城市繁忙的工作中解脱出来后，我可以在自己房间里享受一个人的精彩，唱歌、看一部老电影或者翻一本读过的小说，而窗外一阵高过一阵的蛙鸣，更是最美妙的天籁。

可是，当商品房向郊区扩展时，城市也开始向郊区扩展。城市的范围延伸了，而高瞻远瞩的住户们在享受了低房价的同时，也不可回避地遭遇群生活了。偏远的小区驻扎进了各色的商铺和超市，小区里的邻居因为买菜、养宠物或者接送孩子上学而熟识。从见面不相识，到点头之交，再到亲密无间，我们并没用多长的时间。无须太多努力，生活将寂寥的光阴收藏，群生活再次粉墨登场。

关掉手机、掐断电话，音箱里是震撼的摇滚乐，我从现实的无奈转入网络的世界。QQ里早已有这样那样的群，而消息栏，更多的群也在向我呼唤。抗拒群生活的我不再接纳新的QQ群，旧有的QQ群一律屏蔽了消息。在喧闹如聊天室的QQ群里，我彩色或者黑白的头像，永远都是那么安静地伫立了。虽然总有网友对我群而不聊颇有微词，但是我依旧选择静静地上网，私密地聊天。如果你爱我或者恨我，请大声地表白，却不要晒在熙熙攘攘的QQ群的"阳台"，因为这样我真的会很不自在。

生活仿佛是一场角逐，刚与QQ群过完招，博客里又有了花样百出的圈子，期待着我的加入。或许于国人来说，圈子便是一种文化，是一种用心交流后的至高境界。但博客只是我渺小的声音，不必放大到人尽皆知，更不必追逐美女徐静蕾博客的粉丝纪录。从现实的群生活、到QQ群，再到博客圈子，我知道群生活避无可避。

但是，我依旧想大声地说：且慢群生活，选择亲密有间，留一个出口欢畅地呼吸，才是最惬意的美景。

给自己扮个笑脸

前一刻,还是一片蔚蓝、万里无云的好气象;下一秒,没准就是乌云罩日、狂风暴雨的坏天气。这不仅仅是变幻的天气,更是我们捉摸不定的人生,而我们却常常没带伞,淋雨是无法回避的际遇。

面对突如其来的一场雨,能够仰着头品味雨丝,还能笑着说"雨天真好"的,除了涉世未深的小毛孩,大抵就是心胸豁达之人。人生需要正能量,出发需要正步走,面对镜子给自己一个微笑,这无疑是巨大的心理暗示,更是一种自我慰藉的力量。

当然,笑着出发自然是一件美妙的事情,可是前路的波谲云诡难以预测,谁又能保证最初充盈心底的笑意,足以抵抗纷至沓来的考验。原来,镜子里的那个自己是虚无的,某一刻的激扬也是有保质期的。当种种困难和挫折不期而至,当重重迷雾包裹了曾经明晰的人生,最初的自我鞭策也会渐渐无力。

其实,人生需要的不仅仅是对着镜子里的自己微笑,更应该无时无刻,给当下的自己扮个笑脸。毕竟,出发时的那面镜子终会远离视线,我们甚至没有机会一睹自己憔悴的脸。可是,那个曾经信心满满、幸福盈心的自己,慢慢变成沮丧落魄、与幸福绝缘的失意者。给自己扮个笑脸,给匆忙赶路的自己扮个笑脸,给失去了工作、友谊或爱人的自己扮个笑脸,那是迷茫旅程中的兴奋剂,那是克制伤痛的镇定剂,那是瞬间满血复活的潇洒和畅快。

曾经有一段很艰难的岁月,口袋里没有半毛钱的积蓄,为拍拖还欠了朋友一大笔钱,曾经亲密无间的女友也心生倦意,慢慢地,她也不再接电话、不回短信,甚至在曾经熟悉的世界彻底消失了。那是一份曾经以为要天长地久的恋情,我一次次预支明天的薪水和奖金,只为最终能握牢属于明天的幸福。可是,爱情就是那么捉摸不定,爱情的升温和冷却来得快、去得急,甚至没有半点理论依据或科学道理。当爱情远去,我就像破产的亿万富翁顿时一无所有,那种挫败或感伤甚至比破产更让人难过,失去的不是一个女生而是全世界。朋友的陪伴、长者的开导,好像都不足以拨开层层阴霾和迷雾,一颗心仿佛坠入了深深深海底。

那是一段很长很长的暗黑的时光隧道,时光其实还在飞快地向前推进,而我的心却因为悲伤而不移不动。时间再久一点,我时不时处于一片混沌的状态,我甚至渐渐地想不起她的脸,那些亲密无间的日子也开始模糊不清。我慢慢地理解了别人说的话,其实我爱的或许不是某一个女生,我爱的只是爱情本身这一件事。同时,我才知道沉溺在爱情的悲欢中,我渐渐弄丢了最初的自己——那个快乐张扬、积极进取的自己。于是,我决定找回那个不再熟悉的自己,而不是任凭岁月遗失了我的样子,让我成为一个无助的流浪者。或许没有一面镜子,没有可以倒映的湖水,没有任何可以借助的工具,然而给自己扮个笑脸,却是可以"扮"进心底的暖和美好,那才是无与伦比的正能量。

当我真正学会适时给自己扮个笑脸，给那个时刻存在着的自己正能量，我就再没被轻易地打倒，不管是面对未测的爱情、生活或工作。

第一辑　心情加油站：给自己扮个笑脸

静处看风景

工作之余,我爱逛本地的几家文学论坛,论坛上经常会组织各种形式的活动。活动结束后,作家诗人会来论坛撰文或作诗进行记录,同时也少不了拍客大手笔的摄影作品。

很快,我认识了一位叫"望江兴叹"的拍客,准确说是一位非常厉害的摄影家。其实,参加活动时,不仅拍客们把单反相机的快门摁个不停,作家诗人的卡片机也没闲着。可是,等到回头分享照片,作家诗人的摄影作品比不上拍客,而拍客中,最让眼前一亮的是"望江兴叹"老师。好几次,我在赞美"望江兴叹"老师拍摄技术之余,同时也请教他拍出佳作的心得时,不善言谈的他总是一笑了之。

"望江兴叹"老师一笑了之,我却开始留心拍摄中的"望江兴叹"老师,希望可以找到他拍出佳作的真正原因。论坛里举办活动,不仅让作家诗人拍客得以出行放松,其实也是网友的交往从虚拟走向真实的机会。每一次的活动都有新面孔,很多新面孔甚至是神交数年的朋友，大家的话匣子一旦打开就关不上，恨不得一天聊足24小时才罢休。很多时候，眼前美丽的风景还不及朋友间的畅聊，就算是拿着相机拍摄也是匆忙草率的，少了一份安静观赏恬淡和潇洒拍摄的淡定。

可是，"望江兴叹"老师却常常走在最前面，抑或甘居队伍最末，孤独地行走着，而他摁快门的次数绝对是最多的。当别人深陷在喧嚣之中，在聊天、在叙旧、在吹牛时，有一支镜头却在静处忙碌着。功夫不负有心人，习惯热闹的人比不上静处看风景的人，或许寂静的时刻有一点点苦涩，然而当一掠而过的瞬间被美丽定格，那却是一件无比快乐、充满成就感的事情。显然，每次"望江兴叹"老师拍摄量冠绝群雄，拍摄质量鹤立鸡群，也是可想而知的事情了。没有随随便便的成功，没有随随便便的精彩，成功与精彩，都跟汗水与用心有关。

还有一点让我意外的是，"望江兴叹"老师常常远离我们，当我们在平地小憩或茶楼品茗时，他却奔向了杂草丛生的山顶；当我们在湖边漫步，在渔船上采菱或戏水时，他却走向远处伫立的湖心岛；当夜色降临时，我们带着倦意回到宾馆，他却夜行者般穿梭在景区。远处即静处，当喧嚣被隔在山脚下、湖尽头、夜色里，镜头里或远或近的风景，像曼妙女子翩翩的舞蹈，像矫健男子铿锵的身姿，像慈祥老人娓娓道来的故事。当然，我看到镜头里的世界，是透过"望江兴叹"老师的作品——我尚没有发现美的眼睛，更没有适时摁下快门的智慧。

还有几次，在景区宾馆的房间醒来，窗外早已是阳光无比绚烂，而"望江兴叹"老师却是出行归来。原来"望江兴叹"老师凌晨四、五点就背着装备出发了，不管是破壳而出的艳丽的红日，还是雾气弥漫的湖面和野果，还是匆匆走过的村民都落进了他的镜头。还有一些我们未曾抵达或深入的村庄，也被"望江兴叹"老师的镜头记取，那是一种比文字更直接、更深刻的触摸和疼惜。

显然，人群汹涌不一定能领略风景之美，反倒是从喧哗之中抽离后的冷静，更容易让人接近梦寐以求的绚烂或者安宁。静处看风景，不仅是"望江兴叹"老师的成功之道，同样也适合追逐梦想和人生的你或我。

绽放新春

再浓烈的年味,最终也会落进记忆里,春天迫不及待地绽放开来,城市或乡村处处都是春色、春光和春意。曾经遥远的绿树红花都近在眉睫,曾经的花香和春水都在鼻翼、在手心,曾经的温暖和快乐重新回归,围绕着寒冬过后的我们。

春天是属于三月的,三月接纳着春天的气息,三月包容着春天的放纵,三月浸染着春天的气质。三月阳春,春天有了阳光的味道,阳光也有了春天的味道。这是最好的时节,不管是悠闲地踱步,还是潇洒地快走,在城市的阳台晒太阳,还是去郊外的原野吹风,都是最美妙的体验。

春天绽放的不仅仅是百花,更绽放着百花一般的心情,心情如花儿似的大朵大朵绽放。春天绽放在树丛,绽放在花地,绽放在湖水上,春天绽放在清晨,绽放在黄昏,绽放在淡定的春夜里。春天是深入精髓的故事,春天是品不够的话题,春天是不会凋落的季节。

春天就是一种绽放,春天就是一种馨香,春天就是一种情结。一年之计在于春,一日之计在于晨,春天的早晨是最美的时刻,在春晨捧读一本小说,或者阅读一份报刊,都是一件十分写意的事情。春天的早晨来得早、走得迟,春晨可以坐地铁去城市的另一边,也可以吃一碗香喷喷的面或辣劲十足的粉,或者吊吊嗓子、弹弹琴、练练书法,让一分一秒都不虚度。

春天是一首诗,春花、春树和春草都是最美的诗节,春天的欢乐和惬意是最好的意境。春天是一首歌,不管是高亢的女中音还是深沉的男低音,唱的都是春天的故事,故事里不仅有美丽的季节,也有季节里的花花草草,还有沉浸于这个季节的每一个你和我。春天也是一幅画,春天的点点滴滴都入画,春天的情绪是画的色彩,春天的风和雨、阳光和水分、湖泊和山峰,都是画美好的主题。

春天来又去,去又回,年年春天美,年年春相似。然而,今年的春天不是去年的那个春天。春天是新的,就像一件最美丽的春装,有着不一样的款式,引领着不一样的潮流。新春是美丽的,新春是欣喜的,新春是季节里绽放的一抹香或暖,新春是年华里绽放的一丝最真实的感动。

绽放新春,绽放在春天开始的时刻,绽放在春天蔓延的区域,绽放在春意包裹的月份。记取恣意的绽放,记取美丽的春天,于是绽放新春,也成了一种最深的铭刻。

愈夏愈美丽

我所在的城市其实还算四季分明，但是对于惧怕冬日寒冷和夏日炎热的人却说，这个城市只有两季：夏和冬。其实，这样的说法也不无道理，春和秋的短暂，在人们的记忆中难以长久，只有热烈的夏和冰冷的冬，占据了季节的主旋律。

不知不觉，我早已身在夏中了，春的温暖与清爽早已成为一季的历史，载入了追不回的昨天。可是，我不会像有些人那样诅咒"该死的夏天"，也不会无端又无望地期待"夏天夏天快点过去"。夏天的来临和存在，是一场不可逆转的安排，也是四季格局里不能忽略的部门。既然夏天已经粉墨登场，那我们便该好好地珍惜，珍惜夏天的苦涩和美好。

或许有人说，夏天是个火爆脾气的大老粗，只会让所有宁静的心境乱如麻。但是，人们往往忘记了"心静自然凉"的道理，心绪的纷乱其实和季节有关，又和季节无关。君不见，狂热的夏日，有闲庭散步的老者，有相伴相依的爱人，也有倾心戏耍的孩童。其实，夏天更像一个撒娇的女孩，懂得的人会欣赏夏天的美丽，不懂的人只会错过旖旎的风景。

夏天的到来，让人们放弃了臃肿的装束，清凉装成了人们不二的选择。或许，纵使装束再过清凉，也会感觉汗珠在皮肤下汹涌，那份燥热仿佛惊涛骇浪般，时刻都不肯偃旗息鼓。可是，夏天却给了我们更多放松的机会，更多的与家人的交流，与大自然的接触，与自己的亲近。

昔日，夏天的傍晚，吃过晚饭的人们，会在胡同里或街道边，摆上纳凉的竹床或躺椅。边纳凉边下棋，长辈给晚辈讲历史悠久的故事，或者只是聊天到午夜时分，然后在星空之下美美地沉睡，这样的夜晚却是特别的美妙。

今时今日，竹床已经越来越难得一见，躺椅也只是居家阳台上的摆设，浩浩荡荡的纳凉阵一去不回了。但是，大功率的空调有扭转季节的力量，冰与火的交织，让夏天有了别样的趣味。虽然由于高温的阻碍，串门成为一种奢望，但是小家庭的相守，却让幸福无尽地蔓延。

当然，去亲近葱郁的绿地、在水波中感受戏水的快乐，甚至去避暑山庄旅游，都是不错的选择。夏天，我们有了许多精彩的选择，生活有了更多不一样的走向。夏天，我们可以分外安静，也可以无比活跃，动静之间，我们拥有了整个灿烂的季节。

愈夏愈美丽，当我们的心像花儿般绽放，夏也会吐露最美丽的芬芳……

秋到深处无怨尤

四季有四季的精彩,四季有四季的忧伤。春夏秋冬有春夏秋冬的美好,春秋冬夏有春秋冬夏的阴霾。不过,说到缤纷的四季,说到轮回的春夏秋冬,我最爱的还是高远的秋日。

有人说,南国其实是没有绚烂的四季的,南国只有漫长的夏和冬。每年燥热的夏日过后,人们来不及品味秋日的高远,冬日凛冽的寒风便迎面扑来。从夏装到冬装,衣柜里仿佛没有适中的秋装,从"火热"到"水深"竟然只有一步之遥。

可是,我依旧迷恋秋到深处,依旧珍惜晚秋的每一份风华。在我的印象中,有两首以《晚秋》为名的流行歌曲,一首是毛宁的"在这个陪着枫叶飘零的晚秋",晚秋的秋叶撩动着思绪,仿佛冷冷的清秋也有一丝温暖。另一首是黄凯芹的"曾停留风里看着多少的晚秋,如何能跟你说别潇洒地远走",歌手对爱人的不舍勾起了我对晚秋的眷恋。在晚秋时分,唱着一些小温暖、小伤感的歌曲,最能契合秋到深处的心情。秋到深处无怨尤，那是千帆过尽处的淡定，那是看遍千山后的从容。

秋到深处，喜欢舞文弄墨的诗人绝不会吝啬于诗句的表达，诗圣杜甫就写过许多和晚秋有关的诗篇。"高鸟黄云暮，寒蝉碧树秋""霜严衣带断，指直不得结""云晴鸥更舞，风逆雁无行"，这些都是出自诗圣杜甫笔下的不朽诗篇。或许晚秋的诗歌有一些忧伤，甚至"寻寻觅觅，冷冷清清，凄凄惨惨戚戚"，然而一种表达就是一个情绪的出口，人们习惯了将忧伤与惆怅寄托于晚秋的萧瑟。

对于生活在南国的人来说，晚秋其实还是夏和冬的桥梁和纽带。晚秋，让南国也有了完整的四季。南国的晚秋没有地热，没有暖气片，温暖的空调也不是无处不在，有一种猝不及防的寒意。然而，在寒意弥漫的晚秋，我们依旧选择风中的逗留、雨中的漫步，会有捡拾落叶的闲情，也会有收获果实的喜悦。晚秋不是匆匆而过的画面，而是心灵不可回避的港湾，是岁月不可复制的精彩。

比起漫长的四季，晚秋是短暂的，甚至转瞬即逝。然而，晚秋却是值得珍惜，值得在心间反复玩味，值得用文字来铭记的。秋到深处是最美的画、最好的诗、最真的情，秋到深处无怨尤，秋到深处心花开，秋到深处情无限……

冬日是一首恋歌

不得不说,我是热爱冬日的,且最热爱南国的冬日。我所在的南国,不是天涯海角之南的,而是江南之南、鱼米之乡之南,四季分明之南。跨过了百花齐放的春、热烈绽放的夏、硕果累累的秋,凛冽而晶莹的南国的冬便翩然而至了……

南国的冬日,仿佛是四季的一次残酷的考验,有寒风吹过时的猝不及防;南国的冬日,仿佛是四季的一次调皮的玩笑,有落入颈脖的小小雨珠渗透寒意;南国的冬日,仿佛又是四季的一次漫不经心的素描,将本来缤纷多姿的城市或乡村,刻画得只有一种单调的颜色。

可是,拥有冬日的南国,却不只是拥有遗憾的季节。冬日有冬日的遗憾,但同时冬日依旧有冬日的无边幸福和梦幻。

青涩时代的恋人说,"冬日,我有最纯净、最美丽的脸庞,在这样的季节,我遇到你,你遇到我,是最大的幸运和浪漫。"虽然我不知道冬日和容颜有何关系，但是一首恋歌谱写于冬日，却有了雪夜般的温馨和隽永。

在冬日的寒风中，我们走过了公园、街道和江畔，爱让我们心中的温度吹不散；在冬日的冷雨中，我们撑着伞，伞下的时光让雨很远，心却很近很近；在冬日的落雪中，我们不贪恋暖气的萦绕，用手心迎接雪花的晶莹，长长短短的眼睫毛，也成了六角精灵搁浅的驿站。

或许冬日不都是团聚的快乐，城与城、山与水，阻隔着爱人、亲人或朋友的距离。但是，冬日的呼吸冰清玉洁，冬日的思念也晶莹剔透。冬日的情节默默传递到千里之外，不管是四季不见雪的城市，还是白雪皑皑的北国，都会感受到南国灿烂的悸动。

冬日到了，冬日弯弯曲曲走进季节深处，一种回家的情绪便在春运的号角中发酵。山再长、水再远，南国的冬日都是家的方向。没有袅袅炊烟、没有烟花爆竹，也有腊味飘香的诱惑，也有"恭喜发财"的给力音乐，还有站台、车站或者村口眺望的亲人。

冬日是一首恋歌，不仅仅是小恋人的情歌，也是恋家的人温情的曲儿。静静地流连在冬日的恋歌里，不为城市的繁华和心境的汹涌而动摇，便懂得了南国冬日的意义，懂得了四季完美的本质。

年味渐浓

或许有一刻的迷惘，温馨喜庆的年味是不是被我们弄丢了？年味越来越淡，过年渐渐成了一种不太重要的形式。可是，春节年年有，我们依旧在腊月深处回归……

其实，年味是一个需要积淀的过程，慢慢地，年味才会充盈在我们心底，让日子有了年的气息。年味到底从什么开始激发的呢？或许是西洋圣诞节的狂欢，让我们在异域的喜庆中，开始眺望咱们的春节的吧？确实，当在舶来的洋节里，我们享受购物快乐、约会浪漫，而那种或多或少的距离或者隔阂，让我们无法真正深入这个节日，我们只能算是这个节日的过客。犹如在泼水节里被淋湿的游客，无法真正懂得那种祝福里的深意。而年，于我们却有着不一样的意义，属于本土的悠久历史让我们眷恋，也让我们如期的团圆成为一种心灵和亲情的归宿。

当然，年味的累积，也和商家不遗余力的宣传有关。当年以倒计时的姿态逼近，置办年货便成了一种号角，我们都在号角下刷卡、掏钱，却都有一种温暖的表情。为了年，我们甚至少了些精打细算，多了些自在和随意。年货进门后，细心的长辈们又开始腌制腊肉腊鱼，这些如今其实不再是稀罕之物，超市常年都有对外销售。但是，长辈们却不厌其烦地自制腊货，在他们眼里这就是忙年的一部分。或许我们身在远方，但是那些阳光里腊肉腊鱼的味道，却依旧窜进了我们的呼吸。

在流水线上，在写字楼里，在自己的小商铺里，不管我们在什么岗位上，不管我们是离家还在生活在自己的城市，对年都开始有一种无尽的向往。关于年的提醒，应该是春运大幕的开启，每当春运日期宣布，便让我们立即感受汹涌的回家潮。春运潮让我们疲惫，让我们慌乱，让我们为车票消得人憔悴，但是春运的方向是家，于是站票的拥挤和卧铺的安逸，同样都让我们热血澎湃，温暖倾注我们回家的路程。当然，我们还要感谢给我们足够假期的老板，还有那些坚持岗位的朋友们，是他们成全了我们的团聚的年。

年味就是这样一点点浓烈的，在圣诞节的欢乐过后，在商家的大幅度促销里，在腊味飘香的空气里，在春运的紧张气氛里，在悠长的假期里，年味一点点加重，一点点变浓，直到我们被幸福重重包围，被爱深深感染。

站在楼顶看太阳

曾经,在遥远的异乡漂泊,在不同的工厂打工。虽然加班如家常便饭,常常累得喘不过气来,但是一旦停下手中的活儿,特别是在万籁俱寂的午夜凌晨,寂寞便会如潮水般涌来。

打一通回家的电话怕吵醒了入睡的父母,又没有亲密无间的异乡恋人可以慰藉,同样疲惫的同事睡意早已覆盖了彼时的落寞。工厂的大门早早地关闭了,寂寥的大街也不属于我,我可以做的是走向空旷的楼顶。近处的灯火璀璨那是属于别人的温馨,远处的故乡是捕捉不住的淡淡的温暖,只有抬头看看比平时更近一点的天空,在星月的辉映中,把那些小辛酸、小委屈和小失意融化在夜色里、融化在楼顶的风和空气里。

后来,从异乡回到了最初的城市,有一份还算安定的可以糊口的工作,有一个漂亮贤惠的妻子和可爱的女儿,有三五个可以互相走动的朋友,还有一大帮天南地北的网友。如果有人问"你幸福吗",

我想也不至于茫然无措。慢慢地品味当下的点点滴滴，生活中还是有源源不绝的甜，那份甜甚至汹涌在心间，让那份可望而不可即的幸福，成为生活中不可否认的主旋律。

可是，人生依旧会有一丝丝涩，就像最美的风景，也会有阴霾笼罩的时刻。当年纪越来越大，甚至都失去了喊"累"、喊"痛"、喊"寂寞"的勇气，累了、痛了、寂寞了，都只能默默地收藏在落寞的心底。趁着夜色登楼望月，或许是古诗词里的闲逸，适合昔日漂泊的浪子，却不适合已然成熟的人。成熟的男人把夜晚送给了忙不完的工作，或者马不停蹄地奔向为自己亮灯的那个家。

一次，和同事一起聊点事情，我们到了公司的楼顶。聊完之后，同事急匆匆下楼去，而我留在了很少光顾的楼顶。那是一个阳光很足的冬日午后，偶尔掠过的寒风却如春风拂面，近处高的低的楼宇都格外地醒目，远处的山山水水在薄雾笼罩下，有一种别样美丽的光辉。想着商场上的尔虞我诈，想着同事间的细小摩擦，再想想其他种种的不如意，在楼顶大片大片的阳光的抚摸中，一切的一切都变得渺如尘埃。

从楼顶下来后，同事说，"路，你眉宇间的那抹愁云没了，全身上下充满迷人的正能量。"那是第一次，我跟正能量扯上了关系，甚至迷倒了日日相伴的同事。渐渐地，不管是心底积郁了忧伤，还是获得了小小的成就，我爱悄悄地登上无人的楼顶，在楼顶看看平地视野不一样的太阳。比起异乡楼顶清亮的月亮，公司楼顶那轮明媚的太阳，显然更像是人生的正能量，让行走城市的人获得勇气和力量。

其实，人生的正能量就像楼顶的阳光，它并不是无处可觅、难以捉摸，只是我们缺乏一双善于发现的眼光，还有一颗懂得适时珍惜的心。当您的生活也被负能量充斥，不妨跟我一起站在楼顶看看太阳。

人生不需倒退一小时

在报纸上，看到一则有趣的新闻：贵州省遵义市中心城区有一个隧道，使用某电信营运商手机的人，穿过该隧道后，其手机时间显示会"倒退一小时"。于是，遵义的市民笑称，这是一条地地道道的时光隧道。

现实生活中，很多人都向往走进时光隧道，希望抵达遥远未知的将来，看看自己即将拥有的成就，或者瞧一瞧自己年老的模样。也有人希望回到过去的某一天，或许有重来一次的机会，可能会做出不一样的人生选择，从而得到比现在更好的局面和结果。

可是，神奇的时光隧道并不真实存在，遵义的"时光隧道"其实只是科技带来的误会罢了，我们很难走向未来或者回归昨天。一小时，六十分钟，三千六百秒，我们无法挽回逝去的一小时，这一小时或许我们错过了机会，说了不该说的话，这一小时或许我们攻克了难题，实现了梦想；我们同样无法预测迎面扑来的一小时，这一小时的酸甜苦辣是未知的滋味，这一小时的波谲云诡是阻挡不了的际遇。我们无法快拨一小时，也不能倒退一小时，甚至都难以拥有当下的一小时，只有稍纵即逝的分秒。与其想穿越到未来的一小时，或者回拨到一小时之前的时光，倒不如充分利用和适时珍惜当下的分秒，那么未来一小时的旅程不会跑偏，而当下也不会成为未来想倒退、重新来过的一小时。

我们无法倒退或快拨时钟，可以做的只能是珍惜当下，珍惜当下的这一分这一秒。当机会来临时，我们应适时卸下懒散和懈怠的思维，积极反应主动出击，不放过成长和提升的契机，毕竟机会就像雨后彩虹，再美也不会长挂天空；当我们和恋人发生争执，告诉自己冷静、冷静再冷静，不要让伤人的话脱口而出，要知道说出去的话像一把刀子，留下的刀痕岁月也很难很难抚平；如果有一个人你想去见，如果有一个地方你想游览，不用等明天的明天的明天，或许这一刻你就可以轻轻松松出发，而明天就可以快快乐乐相聚或抵达；或许你想去看看老家的双亲，给母亲梳一梳泛白的发丝，给父亲捶一捶酸痛的肩背，不用拿"各种忙"来敷衍自己，其实亲人并不比工作和事业次要，孝顺不应该一等再等，等得太久或许只会等来遗憾。

如果人生从容地走过，如果这一刻这一分这一秒，我们曾经无悔地面对和把握，那么就不再有需要后退的一小时，而只有汹涌而来的真实的美好。

邂逅落叶

南国的秋比较有趣，在一丝丝的凉意之中，又有挥之不去的暑气。天空很蓝云很白风很轻水很绿，我们却常常不知道自己身在何处，不明白周遭扑面而来的气息，是夏的热烈还是秋的奔放。

一日，百无聊赖的我走过一条街，然后又走过一条街，不知道走过了多少条街。街道是城市的脉络，街道是城市的灵魂，我穿越着城市的脉络和灵魂，我寻找着和城市之间的关联。这时，一片落叶轻轻地回旋、回旋、回旋，最终滑过我的发际，最终，被眼疾手快的我握在掌心。就这样，我与一片落叶邂逅，或许我曾经邂逅过许多片落叶，然而眼前的这一片，是那么的真实、那么的安静、那么的淡定。

我端详着手中的这一片落叶，落叶只是略略挥发了水分，有着一种暗淡的微黄。还没完全枯萎的落叶，仿佛在留恋曾经的青翠、水灵，那些枝头上随风飘舞的日子，是那么近、那么深刻、那么难忘。

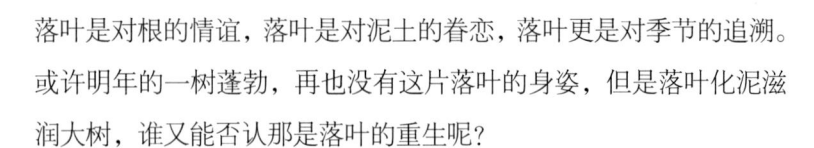

落叶是对根的情谊，落叶是对泥土的眷恋，落叶更是对季节的追溯。或许明年的一树蓬勃，再也没有这片落叶的身姿，但是落叶化泥滋润大树，谁又能否认那是落叶的重生呢？

邂逅一片落叶，那是生命和季节里的美好缘分，是我走向神秘大自然的线索，是隐秘的提醒或暗示。或许这只是简简单单的一片落叶，更来势汹汹的凋零即将带来，黄叶满地就在不远的某一日。邂逅一片落叶，是四季不可逆转的轮回，是夏走向秋、秋取代夏的号角，是温暖的提醒或美好的暗示。邂逅一片落叶，让我们铭记夏的热烈、美好的同时，开始用心收集秋的奔放、从容。

落叶和我们的缘分，其实便是季节和我们的缘分，这份缘分年复一年地继续。邂逅一片落叶，开启的不仅仅是一份美好的缘分，也是一段未知的心灵的旅程。第一片落叶的降临，在千千万万的飘落之前，在呼啸的风和凄冷的雨泛滥之前，在秋无边的萧条和寂寞之前，让我们在季节的跨越之中，不至于慌乱了自己最初的步伐。

邂逅一片落叶，我们方知季节去匆匆，也来匆匆，时光是一列一去不回的列车。邂逅一片落叶，我们要做的不仅仅是伫立凝望，而是翻开一本还没读完的书，探望一位久违的老朋友，对心爱的人说出那句没有说的话。邂逅一片落叶，我们不再是迷惘等待的那一个，我们不再是蹉跎光阴的那一个，我们不再是孤独寂寞的那一个，落叶深处的时光是人生最好的鞭策。

邂逅一片落叶，在落叶漫天之前，我用心写下这篇文字，和落叶有关的文字，愿能触动这个季节的你和我。

雨中情

玻璃幕墙外是淅淅沥沥的雨,在摩天大楼看雨的心情怪怪,远方苍白的天空呼应着寂寥的心情。此刻,除了天空便是越来越急促的雨珠,而手边的工作肯定要延伸到深夜。深夜的雨会如何,或许只有绵绵不绝的雨声吧,看着办公桌上堆成小山的文件,才知道自己已没有听雨的闲情。

想到夜色中的雨,便会追忆到已然远去的学生时代。我的家在偏僻的小镇,小镇上有简陋的小学和中学,我最初的学业便在那里展开。校园应该是阳光明媚的,有鲜花、绿草,有快乐的笑容,但是雨是何时悄然而至,我们却不得而知。或许是老师的面容太可爱,或许是课程真的很引人入胜,雨的潜入无影无踪,却迅速地占据了整个校园。走廊上,送伞的母亲等候多时,一把及时的伞撑起了雨中的一片晴空。

加班的我,还会有人送伞吗?母亲已经离开了这个有风有雨的世界，恋人又在遥远的城市出差。何况公司储藏间里有备用雨伞，开车回家雨具也并非不可或缺。思绪依旧迅速回归，那是个陌生人可以共伞的时代，你可以为别人挡风，别人也可以为你遮雨。和恋人的相识，就缘于一次不经意的共伞，并肩而行的友善，最终却成就了久长的浪漫。缘分在雨中，雨成为了相随一生的红娘。

不是每一场雨都适时有一把撑开的伞，淋一场突如其来的雨，或许就是生活不可回避的画面。记忆中，你该和我一样有过狼狈的时刻，在雨中奔跑还不时诅咒着老天。可是，也有放慢脚步的孩童，享受着一场雨的洗礼，甚至张开嘴唇品尝雨的味道。媒体说雨是酸的，城市是被污染的，关键是我们没有永葆童心的勇气。顶着公文包、蹬着高跟鞋，我们冲出了雨幕，努力保持着表面的风度。

雨天成全了我们当"宅男""宅女"的心愿，封闭的阳台冰冷地谢绝了城市的雨。没有看雨的雅致，没有听雨的心情，雨天的情绪有些许的灰色。音响里有亢奋的音乐，却无法调动平添的小伤感；戴上耳机、打开视频，远方的晴朗却无法抵达潮湿的心底。其实，雨是天空滴下的泪水，让我们在无边的忙碌中，有一个小小的停顿。雨过天晴后，我们才有更大的勇气和力量，走向更远、更美的地方。

当雨中情落在我的笔下，我已不知道雨下了多久，还将飘落到何时。不过，我很想静静地走在雨中，让雨水滑落在我温热的脸庞，浸湿我单薄的衣衫。我还傻傻地想：但愿我这样的"雨人"，成为你的风景，走入你的一帘幽梦。

快乐的攒贝族

据说，攒贝族最早是在欧美兴起的一种购物方式，不同国家或地区的网友互相帮忙买东西，利用价格差达到省钱的目的。而这些网友互称为"攒贝"，"攒贝"便是攒宝贝给对方的意思。

第一次，听到攒贝族这个说法时，我忍不住"噗哧"一笑。说到攒贝族，我与我的一帮全国各地的文友，应该是算得上是国内最早的攒贝族了。有了发达的互联网，不仅文友之间的交流更加便捷，投递稿件和查询发稿情况也轻松了。由于部分报刊对寄样报样刊不上心，于是文友将求助的目光投射到了当地的文友身上。就拿我来说，我在全国的每一个省都发过稿子，许多当地的文友为我购买样报样刊，然后邮寄给我。虽然我要承担购买样报样刊的费用以及邮费，但是异地的我想购买并收藏这些报刊难度大、代价也大。可以说，时下活跃的有名或无名的写手，大多是一枚可爱的"攒贝"——曾经为文友攒过样报样刊。

当欧美的"攒贝"风刮到了华夏大地，曾经体验过"攒"样报样刊的我不由得怦然心动。我时不时去论坛的"攒贝"专区溜达，如果异地"攒贝"需要的商品，刚好是我可以帮忙买到的，我一定会义无反顾地伸出援手。而我一旦需要远方的廉价商品，我也会大大方方地求助"攒贝"，我就曾经"攒"到过新疆的核桃、我国台湾地区的繁体竖版的书籍、西班牙的正版皇马球衣。享受到了"攒贝"的快乐，我常常兴奋地说"我攒故我在""攒并快乐着"。

其实，"攒贝"真的是一件快乐的事情而且，多少还有点"人人为我，我为人人"的意味。在"攒贝"的过程中，攒贝族不仅购买到异地价格低廉的商品，甚至得到一些可望不可即的宝贝。更重要的是，攒贝族在"攒贝"的过程中，结交到全国各地甚至世界各地的朋友。套用流行的网络语言，攒贝族"攒"的不是商品，"攒"的不是宝贝，"攒"的其实是美好的友谊。法国小伙子瓦伦丁天也是一位"攒贝"，在"攒贝"的过程中，他幸运地"攒"到一位美丽的巴西女友。即将走进婚姻殿堂的瓦伦丁天说，"从'攒贝'到老公真是太美妙了。"

当然，攒贝族在享受快乐的同时，也应明白不可"快乐不设防"。网络的世界有快乐的"攒贝"，也有一些不怀好意、居心叵测的骗子，甚至"只骗一分钱"的伎俩都粉墨登场了。所以，"攒贝""攒贝"，请你擦亮眼，永永远远地擦亮眼，唯有擦亮眼才能规避"攒贝"的风险，做一个真正快乐的攒贝族。

思想不消失

十多年前,我还在一个冲洗店上班,顾客买了胶卷去拍摄,拍完带胶卷回来冲洗,店里的生意很不错。虽然数码影像技术开始抢滩,但是胶卷的销量依旧居高不下。关于胶卷即将消失的传闻甚嚣尘上,但是冲洗店的同事们没人相信这样的说法,甚至笃定买胶卷拍照片"五十年不变"。十多年过去了,胶卷虽然没有完全消失,但是市场占有率几乎可以忽略不计,再提胶卷黯淡的未来,想必不会再有人说"不"了。

二十年前,我还是青涩的少年,少年的心房期待友谊的浇灌。交笔友是当时的潮流,几乎每个少男少女都有一位或几位远方的朋友。或者少年的朋友去了远方,维系友谊的不是便捷的电波,而是藏在字里行间的情谊。本以为邮票和鸿雁传书会永恒,不曾想手写信不再被青睐,邮票的使用空间也越来越小。如果有一天邮票悄然消失,甚至我们都不会有所察觉,哪怕我们曾经那样频繁地使用过。

当下，越来越多的人认为，未来的某一天，纸媒可能会彻底地消失。坦白说，报纸、杂志和书籍给我们带来过巨大的心灵滋养，一些幸运的作者还有机会在纸媒发表自己的作品。倘若纸媒真的消失，不仅让众多作者失去了让文字变成铅字的梦想，也会让为数更多的读者失去了捧读的快乐。可是，历史的车轮往往是无情的，那些我们希望不要消失的美好，却往往不经意间在我们的指缝溜走。

然而，胶卷消失了，我们还有影像；邮票消失了，我们还有交流；纸张消失了，我们还有文字。心若在，梦就在，只要我们的思想不消失，未来的人生一样可以精彩和充盈。

跌跌撞撞也是一种美

人生是什么？常常问自己。人生是扑面而来的际遇，人生是转瞬即逝的悲欢，人生是不可追回的往昔。

碰巧，看到一条有趣的微博：用一颗浏览的心去看待人生，一切的得与失、隐与显，都是风景与风情。初看，或许觉得浏览自己的人生，是一种非常奇怪的姿态。细想，其实自己的人生就是行进中的传奇，但总有一天，现在进行时都会成为过去式，生命中的得到与失去，看得见的成绩和骄傲，看不见的落寞和忧伤，都会沉淀在岁月深处的角落里。

十五年前，初入社会的我并没什么资本，却总想找到一份体面的工作。当别的伙伴都去了建筑工地出卖力气，或者在喧闹的批发市场搬运货物，我却希望得到一个明窗净几的工作环境。后来，有一个彩扩店招聘彩扩员，我的学历、技术和经验都不达标，我却大无畏地去了面试现场。或许是我的勇气打动了老板，或许招聘门槛并不是绝对的，我获得一份梦寐以求的工作。

十年之前，日日唱着《单身情歌》的我，天天都期盼着能告别单身。那时候的我，只有一点点的帅，"海拔"并不是那么突出，工作也并不是很多金，但是依旧希望找到俏佳人。一门心思结束单身的我，为很多不同的女生动过心，有海拔超出我许多的，有貌美胜过林心如的，有本地户口的"白富美"。彼时的我为爱勇敢，有爱就会大声地说出来，再高、再美、再棒的女孩，我都会勇敢地发出约会的邀请，从来都不畏惧闭门羹和白眼，直到觅得中意的她。

五年之前，码字码了许多年的自己，在心底萌生了出书的梦。自费出书，对于别人是巨大的诱惑，而于我却是一剂毒药，困窘的生活哪有闲钱掏给出版社。公费出版一本自己的书，不需要刻意推销或单位摊派，新华书店和各大网店都有售，让陌生的读者自主选择购买，是一个美好而遥远的梦想。从此，每写一个字都惦记出书的梦，每一个出版的信息都不错过，不折不饶地宣传自己，直到等来第一个出版的机会，证明我五年的时间没有白费。

回望过去，不管是十五年前的自己，还是十年或五年之前的自己，都是那么的勇敢、无畏和坚定，或许换了此时的我很多事做不了、不敢做甚至不敢想，时光的打磨让我更成熟却更胆怯，拥有可贵的理性却丢失最初的感性。而用一颗浏览的心去看待自己的人生，过去岁月精彩纷呈的种种历练，仿佛是属于别人的跌宕起伏的故事，而自己仿佛只是小小的看客和局外人。

如果每一页人生最终都会被自己浏览，得与失、隐与显都成为风景与风情，何不在当下好好地生活、用心地工作、无畏地争取。其实，进取从来都不是丢脸的事情，当我们成功地抵达梦想的巅峰，曾经的跌跌撞撞也是一种美。

幸福的傻瓜

我曾经写过一篇文章《回访是一种礼貌》，大意是：我喜欢循着访客的评论、留言或脚印，回访那些熟悉或陌生的博客，我视这样的回访为一种礼貌。

后来有朋友告诉我，那些评论、留言或脚印不全是真的，有一部分是一些博主花钱找人刷博而已，图的就是借回访来提高点击率。有些评论不着调、留言不真诚、脚印很诡异，不过我也没有太多的沮丧。有的博客博文一席话胜读十年书，有的博客资讯丰富美图盈目，回访让我在有限的网络世界，领略到了未知的精彩生活。其实，傻瓜也是幸福的，傻瓜的幸福在于知之甚少，知道后计较得也少。

记忆里，有一部很老很老的日剧《第一百零一次求婚》，矮、丑又不多金的中年男，偏偏爱上了靓丽无比的轻熟女。轻熟女不止是中年男爱在心头，虎视眈眈的追求者还排着长队呢。可是，傻傻的中年男充盈在心底的就是爱，心底的爱让一次又一次求婚。在冰

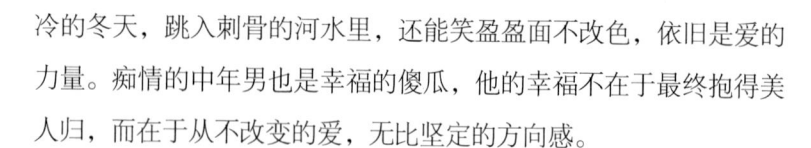

冷的冬天，跳入刺骨的河水里，还能笑盈盈面不改色，依旧是爱的力量。痴情的中年男也是幸福的傻瓜，他的幸福不在于最终抱得美人归，而在于从不改变的爱，无比坚定的方向感。

  在公司，最春风得意、左右逢源的不是能力最强的人，不是勤勤恳恳的人，而是最善于经营人脉、拉拢上司的人。不过，或许这些人爬得最快，薪水最多，但是权力的庇护也是有期限的，用《无间道》里的话来说，"出来混的迟早要还的"。可以说，这些人的幸福并不坚实，喜剧的开始悲剧的结束。那些默默无闻、一步一个脚印的人，或许有人会笑他们傻瓜，但是傻瓜日积月累的成长，换来却是沉甸甸的收获、沉甸甸的幸福。

  幸福是什么？幸福不是光宗耀祖，幸福不是名利双收，幸福是不计较、不动摇和不激进，这样幸福便会水到渠成，连傻瓜都会拥有明媚的春天。

人生"冷后浑"

朋友小何在湖北省恩施州利川市开了一间茶楼,许多茶叶都是他亲自去茶场采摘,然后耐心地翻炒和晒干。小何跟茶有着很深的感情,他说他很喜欢呆在茶楼里,闻着茶香、迎着茶客、说着茶事,人生纵有再多烦恼都圆满了。他说得一点也不假,我总见他在品茶,品茶的他是那么幸福,像万水千山走遍后的淡然,又像是成功在握后的欣然。

一次,我去利川出差办事,自然要去小何的茶楼转转。小何为我准备了冷后浑,据介绍这是上等的好茶,非贵客来绝对不会拿出来。冷后浑的特征是,茶汤冷却后,会出现浅褐色或橙色乳状的浑浊现象,但是当茶再次被加热后又会符合清澈。我被冷后浑的神奇深深吸引,也非常感谢小何的那份深情厚谊。

当我端起那杯清香的冷后浑,顿时仿佛感受到莫名的美好,茶香在我的鼻尖一直盘旋,挑动着我按兵不动的味蕾。然而,当我轻轻品尝一口时，我平常饮茶时的"折磨"又来了，那便是茶香中透着的苦涩，让我不由得皱起了眉头。我平时就是不喜欢那一丝丝的苦涩，于是宁愿喝没有营养价值、也没有生活品味的饮料，也不愿意优雅地端起一杯茶。

小何满怀期待地看着我，我却吐吐舌头说，"苦"。小何笑着说，"第一口茶，苦是正常的，你不妨多喝几口看看。其实，茶是越泡越有味道的，一次次冲泡稀释了浓度，也稀释了苦涩的味道，而真正的茶香才开始弥漫，开始在喉间不断地酝酿，最终我们虽然不饮酒，却在茶的气息中沉醉。"

小何本来就是诗人，诗人的话说得特别有诗意，同时也让我醍醐灌顶。人生就像一杯茶，茶的苦涩会慢慢变淡转香，我们的日子不会一直苦下去。清香的冷后浑，只有最初的两杯是苦的，人生也只苦那么一阵子，而一辈子那么长，艰苦的日子不会一直相随。

天黑之后有黎明的曙光，一场大雨之后会有彩虹的光临，气象的变迁有点像女人脾气。而人生就像气象，会坏一阵却不会坏一辈子，耐心才会等到最后的幸福，也才能真正领会其美好。

老歌情结

当初,浙江卫视的《我爱记歌词》横空出世,我多少有些不屑的情绪,不由得还发出感慨:时下的娱乐节目越来越没营养了。

可是,就是这样没有营养的节目,却不知不觉占据了我的视野,甚至进驻了我的心灵。记歌词、歌词接龙或者猜歌名,舞台上的麦霸也是普通人,身为观众,和麦霸会有了一种奇妙的互动。或许正是因为观众的喜爱,类似的节目在各地电视台遍地开花,高峰期保守估计有数十家之多,一股记歌词的风就这样吹遍大江南北。

在一首首老歌的重温里,我们寻觅着丢失或者珍藏的记忆,让一些泛黄的岁月慢慢浮出水面。一首老歌就是一则故事,一首老歌就是一段历史,一首老歌或许还承载着不可或缺的爱和感动。

坦白说,随着工作越来越忙碌,静静听新歌的心情少了,喧闹和浮躁占据了上风。虽然当下是一个新歌频出的时代,每天都有不一样的音乐降临,可是奇怪的曲风、含糊的口齿和干瘪的歌词,实在难以提起听者的兴趣。唯有一首熟悉而久远的老歌，一段悠扬而平缓的曲调，能安抚所有芜杂的情绪……

还记得学生时代，磁带和随身听是彼时的潮流，骑单车听流行歌曲，跟着节拍哼出的不仅是音乐，也是少年似有还无的愁。每个人都有一个记歌词的笔记本，记歌词的兴趣远远超过了背书的枯燥。我曾经整本整本地记录过郑智化的歌曲，对于其他同学记歌词的"百花齐放"，那样的偏爱是一种不可思议的另类，不过却是我情感真挚的释放。

背书式、填空式的记歌词节目或许是空洞的，不过一旦牵扯着我们的老歌情结，空洞也增添了一份实实在在的人文关怀。总有一首老歌唤醒你，总有一句歌词打动你，总有一位旧日明星让你倾倒至今，这就是老歌永恒的魅力和隽永的精髓。

拥有老歌的我们其实是幸福的，不管岁月有怎样的断层，不管人生有怎样的遗憾，不管生命有怎样的挫折，都可以在熟悉的歌曲里沉醉，把所有忧伤、烦恼和寂寞轻轻抛开，享有一瞬间甚至一辈子的充实和力量。

第二辑

人际万花筒：友好是黑暗里的一束光明

朋友是一豆灯

前不久,我的同事小莉按揭买房,想借点钱多交点首付。可是,小莉东借西借,并没借到多少钱,只能按最低标准交付三成,每月的还贷压力大得喘不过气来。等房子钥匙到手了,小莉不无感慨地说,"到了关键时候,朋友还真靠不住!"

我忍不住跟她说,"友谊不是用金钱来衡量的,买房只是人生的一道小坎,而朋友却可以陪你走更远的路。"听我这么一说,小莉的语气也软化了,"其实,朋友们还真没钱,一个个不是在攒首付,就是要还房贷车贷,哪里有多余的闲钱。很多朋友买房时,我也没出上什么力,他们最后跟我一样,都是求最亲的长辈支援。"

有了房子,小莉工作的劲头更大,简直是公司里的拼命三"娘"。可是,再好的身体也经不得折腾,小莉在加班时间晕倒在办公室。小莉住在单位附近的一间医院,外地的家人山长水远赶不来,照顾小莉的重任就落在了小莉的丈夫身上。可是,一个人的力量是有限的，而且还要兼顾繁杂的工作，小莉的丈夫渐渐有些力不从心。

　　小莉的朋友们显然并没有忘记她，纷纷带着水果、鲜花和营养品来看她。当朋友们得知小莉缺人照顾，大家便商量好轮流来陪护小莉。别的病床都是家属长伴左右，小莉的身边却是不同的朋友来来去去，惹得病友们羡慕到不行，小莉的一个朋友说了，"朋友是什么，朋友是一豆灯，当你陷入了无助的黑暗，朋友就会为你点亮一盏灯。"

　　小莉住院的期间，和朋友们走得更近了，友谊的温度让她身心都收获暖意。可是，她依旧不是太明白朋友的涵义，或者说，她还是有一点计较买房的事情。碰到我时，她悄悄跟我说，"他们说，朋友是一豆灯，可是我并不是时刻都能感受得到，更多的时候，这一豆灯好像就根本没有存在过似的。"

　　这一天，是月全食来临的日子。我笑着说，"我陪你看完月全食，我再回答你的疑问。"小莉淡淡地说，"我见过日全食的盛况，整个城市突然就陷入了黑暗。月全食再壮观，难道能胜过日全食的精彩？"正说走，月全食就来了，一大轮满月被遮住，天空顿时一片漆黑。小莉却说，"城市的灯光都亮着，月全食来了黑暗却没来，真没劲。"

　　我知道时机来了，便一本正经地说，"朋友是一豆灯，是你一路畅行时的一豆灯，也是月全食来到时的一豆灯。就算整个天空都没有一丝光芒，一豆灯就会赶走所有的黑暗。更多的时候，不是朋友的关心不在，不是那一豆灯不在，而是你的感觉错了位。"小莉心领神会，"我要惜福，我要谢谢这些不离不弃的朋友，我也要做他们人生的一豆灯。"

　　一豆灯，是一缕光，一份暖，让我们不寂寞地行走，不孤独地抵达。

鸭脖子外交

武汉的文友说,"百无一用是书生"已成为了历史,文化其实也是一种生产力。我知道,他在说池莉的小说《生活秀》,那个后来拍成电影电视的作品。更重要的是,池莉仅仅凭她的一支笔,让吉庆街闻名于世,也让鸭脖子一飞冲天成为天大的美食。

鸭脖子还是那只鸭脖子,作为本地人,却疯狂地爱上了这道上不了台面的美食。这份被发掘的爱,颇有点出口转内销的味道。池莉的小说让天南地北的人流了口水,我们近水楼台先得月——开始习惯从武昌坐着一个小时的公汽,到一个叫精武路的站点下车,然后拎回一袋子辣味十足的鸭脖子慢慢品尝。

鸭脖子点缀了我们的晚餐,也让我们有了一道可口的零食。而随着鸭脖子的声名大噪,热情的武汉人多了一份最直接的外交之礼。每当有朋友来访,鸭脖子必定是最体面的迎客,往餐桌上一摆我们的热诚就不言自明了。当远方的客人们或熟练或笨拙地"对付"鸭脖子时，作为主人的我们就大功告成了。顶多在客人辣得不知所以时，再敬上一杯清凉的啤酒，并不需太多言语，因为客人又开始了和鸭脖子新的一番较量。

当然，如果要远行，行囊里是少不了鸭脖子的。对于远方的朋友，鸭脖子作为见面礼，不仅代表着一种汉味特产，也表达着一种汉味文化。小小的鸭脖子承载着一个城市的文化，也让所有复杂的过程得以简化。

郑斌是武汉足球队的灵魂人物，捧着高薪的他其实有品尝更多美食的机会。可是，在体育新闻版上看到，他迎接客队队员或者去客场比赛，他总会为朋友们送一份鸭脖子。这些足球队员个个都是年薪过百万的富贵一族，按说可以有更奢华的娱乐或馈赠。但是，郑斌之礼——鸭脖子却备受欢迎，"千里送鸿毛，礼轻情谊重"有了新的版本。

池莉之笔盘活了精武路的生意，让我们曾经热情的秉性，有了更具体的表达。武汉人的外交不再是虚无缥缈的一腔热情，沾上了鸭脖子的辣味，让远方的朋友有了更清晰的认识。

所以，我们要感谢这座城市，感谢池莉，感谢鸭脖子。

"马上"方能不留遗憾

在我常去的一个作家群,聚集着全国各地的作家,大家在群里谈创作、聊生活,每天都过得开开心心的。其中,有一个作家是自由撰稿人,这几年他一连出了几本畅销书,连他自己都笑称"拿版税拿到手软"。

他说自己一直有一个梦想,就是抽时间在国内好好转一圈,去挨个看望群内的作家,让神交、网聊变促膝而谈。得知他的梦想,群里的作家个个都很兴奋,有人说要准备好酒好菜接待他,有人说要安排他住靠海的房间,也有人说会给单身的他介绍当地的女孩子。显而易见,群内的作家都是很热情的,对他也怀着一种真挚的喜爱之情。这种热情和喜爱是美好的,大家都盼望着相聚时刻的到来,一时间群里的气氛非常美好。

可是,虽然出行的计划有了轮廓,但是他却继续留在自己的城市,完全没有具体出行的日程表。当作家们问他抵达日期时,他总是说"应该下个月，或者下下个月，请相信我，我一定会来看望大家的"。下个月，下下个月，他依旧还留在原地，大家也没见他再出新书，或者有什么特别忙碌的事情，每天仍然泡在群里打发时间罢了。渐渐地，大家对他的期待开始降温，甚至都开始忘掉了他曾经的梦想。

终于有一天，他准备前往第一座城市，甚至将订好的机票都晒出来了。可是，那座城市的 X 作家接到了鲁迅文学院的录取通知书，在他抵达前两天就要去前往北京，半年后才能学成归来。他很失落地退掉了机票，然而没等他失落多久，群内传来一条噩耗：吉林的 Y 作家因病去世。这个作家可是他最要好的朋友，关于他们的相聚话题，在群里、私聊时说过不下一百遍，可是今生都不再有机会见面了。悔之晚矣的他泪流满面，他是带着不能再等的心情，开始一段周游全国的文友聚会，这多多少少有些亡羊补牢的味道。

朋友之间的相聚，本来是一件快意人生的好事，但是一拖再拖，拖到最终聚会变成"难会"甚至永远"不会"，这显然是难以弥补的遗憾。当我们选择对自己的朋友拖拖拉拉，宝贵的承诺被拖沓的性格粉碎，美好的交情被"拖延症"毁掉，这实在是一件很伤感情的事情。

如果我们对朋友有什么承诺，与其许诺"明天""下一个月"，倒不如放下手中无谓的琐事、马上去兑现自己神圣的承诺——因为只有"马上"才是最暖心的举动，只有"马上"才是最惹人爱的姿态，只有"马上"方能不留遗憾。

你在心上

武汉的"汉骂"很令人讨厌,"汉敬"却很惹人爱。所谓"汉敬",自然是和"汉骂"相对,简而言之,是武汉人的礼貌用语。

网上有一个调查,排在"汉敬"第一位的礼貌用语是"您家"。"您家"确实是武汉人的方言,跟普通话里面的"您"很相近。其实,"您家"曾经出现在鲁迅的作品《故事新编·理水》中,"禹太太,我们怎会不认识您家呢?"我们有理由相信,如果"汉敬"里的"您家",跟普通话里的"您"一样普及,相信武汉这座城市和城市里的人会可爱很多。

说完"您家",我们还是说说更广为人知的"您"。"您"的含义其实很简单,无非是"你"的尊称,一声"您"道出了我们对对方的尊敬之情。网络里,常常不缺乏拥有奇思妙想的人才,而这些人才的视野几乎是无所不及的。于是,"您"在网络里有了新的含义,"您"字拆开——"你在心上"。

不管汉语字典或网络百科里有着怎么样的解释,"您家"和"您"的含义其实归根结底,无非就是这简单的四个字:你在心上。如果对方不是在我们的心上,我们的心上没有对方,那"你"只会是冷冰冰的"你",而不是充满暖意的"您家"或"您"了。即使出口的是"您家"或"您",那也不过是心底溢出的虚伪和做作。

笔者曾经在不同的城市生活或旅游,从未发现哪个城市像武汉一样,"你"反而比"您"更有"市场"。在尊敬的长辈面前,说"你"不说"您",在别处或许会得到责备和冷眼,在武汉晚辈说得顺口,长辈也听得顺耳。虽然"您家"是"汉敬"的第一位,但是却常常被武汉人遗忘,"你"自自然然取代"您"和"您家"。

笔者希望,不管大家在武汉还是别的地方,都请记住"您"确实很好,但是最终还是别忘把"你"放在"心"上。相信只要真正有心,把"你"认真放在"心"上,这个世界才会收获更多的美好。

或许流行的搭讪

"嗨,小姐,我们可以认识一下吗",男子优雅地拦住路过的女生,然后递上自己的名片……上世纪八十年代的年轻人有够勇敢的,马路求爱这样离经叛道的事情,曾经是一时的潮流。马路求爱曾经也造就了许多美好的姻缘,成为记忆里的佳话。

到了二十一世纪的今天,按说通讯技术已经高度发达,年轻人的交际方式也丰富了许多。可是,新时代的年轻人却依旧与爱"绝缘",找不到自己中意的另一半。《男子开培训班教人与女子搭讪寻觅爱情》《大三女生建搭讪班帮宅男宅女找回自信》……类似的报道,媒体上层出不穷,让人眼花缭乱。突如一夜春风来,搭讪成为了最炫最潮的时尚,在城市的各个角落流行开来。马路求爱穿越时空来到了当下,只不过披上了一件"搭讪"的马甲。

时代在发展,社会在进步,人与人之间的距离却越来越遥远,电视剧也告诉我"不和陌生人说话"。或许有人说,我参加搭讪培

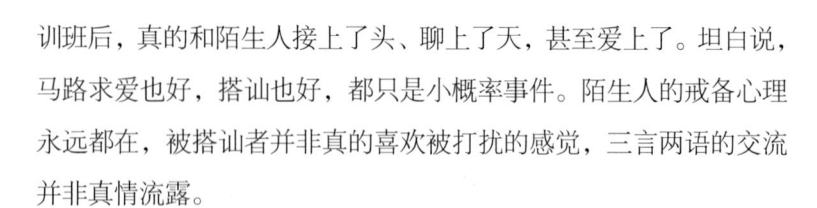

训班后，真的和陌生人接上了头、聊上了天，甚至爱上了。坦白说，马路求爱也好，搭讪也好，都只是小概率事件。陌生人的戒备心理永远都在，被搭讪者并非真的喜欢被打扰的感觉，三言两语的交流并非真情流露。

君不见，搭讪被拒绝的次数远远高于接纳的机会，再看看陌生人留给你的号码，常常是干巴巴的QQ号，而不是便捷的手机号，或长期稳定的座机号。如此有限的接纳，或许是一种陌生人释放的善意，或许是一种本能的保护而已。笔者并不反对陌生人之间的信任，只是盲人摸象般地逢人就搭讪，也并不是一种礼貌和真诚的沟通方式。

说到底，生活毕竟不是电视剧，陌生人也不是我们飙戏对手。对于陌生人，纵使我们或许要搭讪，甚至复古地马路求爱，但是首先要懂得尊重自己、尊重别人，毕竟美好的情感不该成为一场游戏。交友或者求爱，其实并不该是一种鲁莽的冲动，慎重的选择和得体的表达，无疑会为爱增添光彩。

宅男宅女与其追逐搭讪的潮流，忘我地"扑"向陌生人，倒不如适时扩大个人的生活圈，打开自己对身边人都封锁的内心，说不定爱会在不知不觉中来临了。

最后一个客人

奉发的婚礼日期是在一个月前确定的,这一天是经多方测算出来的黄道吉日。没想到,吉日到了,风雪也接踵而来,给婚礼增添了一丝浪漫,也增添了隐隐的麻烦。

麻烦很快就来了,婚宴就要开席了,客人却没来几个。酒店负责人倒是善解人意,"这样的大雪天,婚宴难免要延后的,把婚宴推迟一个半小时开席,我们酒店和您一起等。"接着,客人稀稀拉拉地来了一些,婚宴略略有了些规模。当然,也有人之前送了红包,被风雪阻隔只好放弃前往。还有人托在场的客人"代劳",礼是到了,人却缺席了。综合下来,直到两个小时后,奉发清点客人后发现,唯独缺最后一个客人了,那就是住在邻市的宁小强。

"别人要么人到了,要么礼到了,就宁小强一点表示都没有,真是吝啬到家了",奉发嘀咕着,脸色有些不好看。奉发的新娘附和着,"礼金可不能事后送,那可是大不吉利,宁小强可能就是借下雪，钻这个空子吧。"

奉发和他的新娘没有等待的耐心了，一声令下，酒店开始上菜，婚礼也正式拉开帷幕。一个小时后，奉发和他的新娘在祝福声声中笑意正浓，客人们也酒足饭饱了。这时，酒店外面进来一个人，雪覆盖了他的头发、眉毛甚至嘴唇上细细的胡子，手背上隐约还有淤伤。

来人正是宁小强，他淡淡地说，"大雪天巴士停运了，真是急坏我了。我只好骑着电动车过来，还摔了几跤，幸好能在婚宴结束前赶到，祝你们新婚愉快！"整个婚宴现场顿时掌声雷动，宁小强仿佛超越新郎新娘成了焦点，得到了英雄般的喝彩。

倒是奉发和新娘见到这最后一个客人，脸上有一丝不易察觉的惭愧。

离房东远点

租房之前，朋友就告诫我离房东远点，若房东住在附近就别租。免得时不时要和房东打交道，多出许多麻烦和烦恼。朋友说的都是"肺腑之言"，我也体验过人在屋檐下的摩擦，所以把朋友的话记在了心底。

东挑西选，我租下了陈叔的房子，倒不是陈叔的房子楼层最好、家电最齐或房租最便宜，而是陈叔住在离这里两个多小时车程的城郊。房租约定为每季度交一次，我主动提出以后通过银行汇款交租，用意很明显：希望少和房东接触。

收完第一份租金和押金，陈叔将钥匙交给我后，便离开了。虽然是租来的一套两室一厅的房子，但是毕竟也是我在异乡的一个落脚点，在疲惫时是一个栖息的家。在这样一个家里，抖落一身疲惫的我完全与外界隔绝，除了功放里传出的美妙的音乐，便是宠物狗讨好的欢叫声。

可是，想不到，陈叔离这里有两个多小时的车程，但是仍然时不时过来"探视"。陈叔嘴上说，"小路，你住了我的家，我就把你当作我的孩子，少不了要关心一下你。"可是，我想陈叔还是心疼自己的房子，恐怕我不爱惜他的家。我暗暗琢磨，"难不成我把房子背着跑了吗？真是个小气的房东，幸好住得远，不然得天天上门了。"更让我郁闷的是，陈叔自己留有钥匙，常常我还没回家，他便自顾自地进来了，完全不理房子临时的主人是谁。

大概是我脸上总挂着冰霜，陈叔来得少了许多。不过，陈叔还是经常打电话来嘘寒问暖，还说，"小路，别嫌烦，老陈是关心你，我也常给在外地的孩子打电话，都是希望你们生活得幸福，工作再忙也不忘照顾好自己。"渐渐地，我习惯了陈叔的唠叨，有时陈叔不来电话，我竟然还有些失落。

前不久，公司放大假，我回了趟老家，看望乡下的父母。临行之前，陈叔碰巧打来了电话，便聊了几句。想不到，我回家第一天，便接到陈叔打来的电话，电话响得不折不挠，害得我不得不接通长途。原来，陈叔在我离开后，第一时间过来了，他不仅帮我收了挂在阳台上的衣服，还及时关掉了没关严的煤气。陈叔这一次没责备我的疏忽，却让我倍感惭愧，也被一种温暖深深笼罩着。

当陈叔提出，我放假这些天，他帮我临时看家时，我毫不犹豫地答应。我终于明白，其实生活中不仅仅有冷漠的房东，也有真正热心而宽厚的房东，遇到好房东是漂泊中的幸运。我暗暗决定，从老家返回时，一定会给陈叔带一些土特产，更重要的是要当面好好说一声"谢谢"。

"同居"女孩吴孟君

我和吴孟君的距离很近，准确地说我和她只有一个沙发座位的距离。在一个三人座的长条布艺沙发上，我和吴孟君各自固守沙发的一边。我们都聚精会神地盯着电视荧幕，自从落座后，电视一直没换过频道，哪怕是漫长的广告时间。

吴孟君是我的"同居"女孩，之前我们并不认识，只是房屋中介"撮合"我们，成为城市里风行的异性合租的一分子。我不是一个善谈的人，和异性交往时甚至有些木讷，基本上是被动型角色。没想到吴孟君比我更沉默，甚至让人感到一丝冷若冰霜的寒意。所以，纵使我们"同居"一个屋檐下，用共同的洗手间、厨房，合用冰箱，甚至偶尔一起在客厅看电视，但是我们语言上的交流几乎为零。

其实，我并不想因为异性合租而发生什么故事，但是这样空洞的港湾让我失落不已。让我沮丧的是，住了一天和一月，好像没什么不同。更"恐怖"的是，有几次，我们在街头相遇，竟然陌生人般擦肩而过。渐渐地，我几乎快要放弃和吴孟君加深交流，以及建立睦邻友好关系的努力了。

没几天，吴孟君到外地出差了，一周后才回来。接着，吴孟君开始频繁出差，在"家"的时间越来越少。我心底有些不习惯，甚至有些许惦念，我想那应该是对邻居的一份关切吧。吴孟君不出差的日子，房间里又回到了沉闷的气氛，让繁忙工作后的我有种窒息的感觉。

略略不同的是，吴孟君回来时带了许多报纸，就放在客厅的茶几上。我想那些报纸应该是吴孟君出差时打发时间的，奇怪的是她为什么千里迢迢把废报纸带回家。翻看那些报纸时我很开心，因为我不仅可以看异地的报纸，还能通过报眉的伊妹儿给远方的编辑投稿。不过，我每次只是在客厅翻翻，从来不会把报纸带回自己的卧室。哪怕有两次，我在吴孟君带回的报纸里看到自己发表的文章，很想占为己有留作收藏，后来想想也作罢了。

又一天，吴孟君再次出差回来，竟然带回了香港的报纸，有几份报纸我听都没听说过，而其中一份《大公报》刚好有我一篇文章。我正看得入神，吴孟君从外边回来了，我若无其事放下报纸，再去打开电视。吴孟君没有习惯性先回自己的房间，而是在沙发前停下，第一次正式开口对我说话，"我知道你喜欢写作，这些报纸是我特地为你买的，有些还有你的大作呢，你就留下吧。"

说完，吴孟君就回房间了，我却着实被深深地感动了。原来，平时少交流的两个人，心灵并没想象的那么远，只是彼此都太过内向和被动。而吴孟君为我所做，也彻底消除了我们之间的隔阂，从此我们的话也多了起来，一度冷清的"家"也开始温馨起来。

串门

我在一家摄影机构上班,平时工作不太忙,我和同事们都爱抽空去别的部门转转。可是,管材料的老周却从不串门,仿佛随时都提防蟊贼入侵似的。

可是,前不久,老周却有了些变化,时常会来我们制作部串门。起初,我们以为老周是无事不登三宝殿。没想到,老周真的只是来转转,问候一下我们年轻人的工作和生活,也和我们分享他炒股的心得。

虽然股市红红火火,但是我们制作部却没人跳入"股海"。听老周说那些股市的事情,对于我们来说也算是一种"望梅止渴"的体验。可是,时间长了,我们发现老周多少有些炫耀的意思。老周来了无非是说,"股市大热,闭着眼睛买股票都能赚。现在他日入两三万,再持续一段时间,可以再买套新的商品房了。"我们开始腻烦老周,还有人直言不讳地说老周在卖富。新来的女大学生赵青新通情达理地说，"卖富多难听啊，老周这是在晒幸福，现在挺流行什么都拿来晒的。"经小赵这么一说，我们也不再那么抵触，顶多把老周的话左耳进右耳出。

可是，没多久，老周不再来串门了。连续一个星期都不见老周来，我们反而有些怀念他晒幸福的日子。很快，我们这些对股市极度不关注的人，也了解到股市在一路高歌猛进后骤然"跳水"，许多"死了都不卖"的股民损失惨重。不出我们所料，老周也是倒霉的大多数的一分子，他赔掉了几个月来的全部获利。

经过大涨大落的老周忧郁地坐在材料部，仿佛是徒步旅行后疲惫归来的旅者，别说串门，甚至动都懒得动一下。又有同事说话了，"这叫乐极生悲，晒完幸福，咋不晒一下悲伤啊。"还是小赵厚道，"都是同事，我们也串串门，安慰一下老周吗？"我们的到来让老周略略振作了一点，不再垂头丧气。

从材料部出来后，有人问小赵，"老周串门是晒幸福，我们串门是晒什么呢？"小赵说，"股市如战场，风云莫测，我们晒友谊，关怀一下在'股海'沉浮的朋友嘛。"

从这以后，我们和老周的"互访"多了起来，串门成了很平常的事，甚至都不再需要理由。

邻居的门铃

家里人最烦搬家,搬一次家仿佛生了一场病,累得够呛不说,原来的家的格局被破坏。更重要的是,到了新的环境,适应是一个大问题,仿佛幼时讨厌转学的我一般。

可是,最近几年我们搬家成了常事,简直让家里人烦不胜烦。两个月前,我们又经历了一次搬家,搬到了某小区的某门栋的301。这个小区环境不太好,绿化水平非常落后,小区卫生也不太理想。这让厌倦搬家的我们,更加增添了一份居住的不快。

还没来得及认识门栋里的邻居,我们一家人却又开始遭遇门铃带来的烦恼。其实,我们搬了新家,暂时还没有什么亲友来访,按道理说门铃应该会很安静。但是,现实却和我们的预想恰恰相反,我们的门铃空前的热闹。但是,楼下的人并不找我们,"郑局长,在吗""请问是302吗"。我们每天不停地回答,"错了,错了,我们是301。"可是,错误却每天都在重复着,甚至我们刚刚回答了,刚才摁门铃的人又动手了。而我们来的亲友少，纵使来了也直接接上了头，好像并没出现错摁门铃的状况。老妈开始埋怨，"对面的住户到底怎么回事，连自己住哪个房间都不知道。"老妈还想上门去"理论"，被眼疾手快的老爸给拦住了，"远亲不如近邻，还是包涵一点。"话虽这么说，我们一家人受到邻居来客门铃的骚扰，日子过得还是郁闷无比。

直到有一天，老爸的棋友来访，可是约好的时间却迟迟没来。第二天，老爸的棋友说，他如期而至了，可是他摁门铃摁了半个小时没回应，所以就折返了。我们第一感觉是家里的门铃坏了，果然一试楼下摁个不停楼上却安静如初。后来，老爸突发奇想，试着摁了一下302的门铃。这回，我们家的门铃方才欢快地唱起了"秋天不回来"的彩铃。老爸明白了，两家的门铃串线了，怪不得总摁301找郑局长。

老妈当了一回"事后诸葛亮"，"那找我们的亲戚朋友咋没出错呢？"很快，通过询问"真相大白"，原来我们的亲友也骚扰了郑局长一家，他们每次都和我们一样地说，"错了，错了，我们是302。"不仅这样，他们还耐心地解释，"您找我们邻居吧，我们这门铃串线了，您找301就摁302。"

我们开始为自己的郁闷和牢骚而惭愧起来，不过也从这和邻居不见面的交往中，感受到了一种新环境里的和谐和快乐。

马路绅士

马路上常有剑拔弩张的状况，司机之间怒目相对，警察同志为调解而忙碌。我忍不住会想，有车一族的日子也不那么好过，行驶在马路少不了堵心的事儿。

何老板是我们公司的 VIP 客户，他的连锁影楼开进了许多高档小区里，生意好得不得了。有人说何老板身价八百万，也有人说超过一千万，反正大家公认他是"大大的大款"。面对款爷，我们除了表达自己藏不住的羡慕，也会鄙视富人身上散发的铜臭味。不过，最终对何老板认知的改观，是一次顺风搭乘他的宝马车。

何老板开车不像他做生意，决不大张旗鼓也没有出奇地高调。车子中规中矩地行驶在马路上，毫不争分夺秒，"时间就是金钱"更是得不到体现了。想想何老板开宝马也有几年了，驾驶技术不会差到哪里去的。我只能猜测何老板胆小如鼠，怕出了事故擦坏了车子，或者丢了自己的小命。

"吱——",随着凌厉而悠长的一声,何老板的宝马被一辆富康给擦了。年轻的富康车主立即下车,脸吓得惨白,然后不停地点头道歉。何老板摇开车窗,看了被擦的地方,然后挥挥手示意富康车主"没事"。何老板的宝马车重新启动,我却为他的大度而纳闷。何老板见我一脸疑惑,他告诉我,"车擦得不是很厉害,找个熟人花五十元就可以修好。我跟他理论半天,他最多赔我两百元,可是时间耽搁不得,影响的生意可不止那两百元。"

我还是好奇,继续问,"既然您时间那么宝贵,何不开快一点?"何老板说,"马路上有马路上的规则,'突破'规则必定潜藏危险,我不做得不偿失的事情。"我笑着说,"何老板,您真是马路上的绅士。"何老板听了微微一笑,继续平稳地开着车。

不管是马路上、经营上或者做人,规则都是不可逾越的标尺。我暗暗琢磨,对规则的珍惜可能正是何老板成功的秘诀。

我的邻居是大款

我们楼栋最后一套房子有了新主人，就是住在我家对面的新住户。几个月的大肆装修后，平平常常的房子显示出逼人的贵气。据物业公司的朋友说，我的邻居是个大款，手上的生意大得惊人。

早就习惯了"老死不相往来"的现代邻居格局，我也没太往心里去。本来以为大款邻居的到来，不会过多影响到我的生活。不过，日子还是悄悄发生了改变……

大款邻居忙碌了几天，才将各色高级檀木家具、高档家用电器，搬进了三室两厅的新家。很快，楼道里恢复了往日的平静。偶尔在开门的刹那碰到大款，他总是冲我友善地一笑。我摸不透新邻居的用意，只是淡淡地回应着。

这天，刚吃完晚餐，外面有人敲门。打开门后，发现是大款邻居拎着一袋蛇果过来。大款邻居说，他刚搬来，一是想认识新邻居，日后方便互相照应；二是希望我给他的家庭摆设给点意见。我不好推辞，于是随他而去，以我的眼光给出了一点个人的想法。

再过几天，大款邻居再来邀我过去做客。我惊奇地发现，房间的风格有了较大的改变，看来他是吸取了我一些意见，当然也不忘留点自己的特色。大款的夫人是个十足的家庭主妇，也是一脸和气的笑容，没有一点架子。当他得知我平时爱在电脑前敲些文字，还和我聊起了文学来。末了，她还要将一台液晶显示器送给我。想到自己"无功不受禄"，赶紧不停地拒绝，然后退出了大款的家。

大款邻居真的很忙，有的时候，几天都不见他的踪影。大款的夫人也是每次买了几天的菜，就足不出户。

到了周末，大款邻居向我提出了"奇怪"的提议：我们挨个去敲整个楼栋邻居的门。大款看来是想打破邻居互不来往的规律，要将一个楼栋的住户都调动起来。那些邻居虽然平时和我没打交道，但是略微还是有点印象，一脸惊讶地问：你是三楼的吧？有事吗？当我一脸尴尬的时候，大款邻居呈上自己的礼物，说出了此行的本意。通过我们坚持不懈的敲门，终于认识了几个邻居，还互相约着多串门。

渐渐地，随着大款邻居的到来，整个楼栋的气氛温暖了许多，仿佛春风驻扎到了我们每个住户的心底。当我提起，大款邻居总是说：远亲不如近邻！再想想大款邻居的生意之所以蒸蒸日上，大概和他的热情、真诚是有关的。

于是，我心情舒畅地回到属于我们的楼栋，轻快地拾阶而上。在自己的电脑前，敲下了这篇《我的邻居是大款》，算是记录大家的快乐吧！

被一枚蛋"识破"

小区旁的新菜场开张了,整洁的环境简直可以和大超市媲美。再去买菜时,就不会有像以前晴天也遭遇污水满地的尴尬了。每天看着菜摊上码得整整齐齐的蔬菜、新鲜的鱼肉和各种禽类,心底总会有一丝快乐的暖意。

这几天去菜场的时候,发现入口的地方,多了个挎着竹篮的老婆婆。老婆婆蹲在地上,小心翼翼地把篮沿的纱布掀开。我不知道老婆婆要做什么,便凑过去看。原来,老婆婆是郊区来的,想将家中鸡下的蛋拿来卖点钱。坦白说,老婆婆的加入,与这整齐划一的菜市,多少有些不和谐了。

来过问的人不多,大伙都赶着往菜场里面去挑选自己需要的菜了。这时,来个胖胖的中年男人,看见老婆婆,一本正经地问:"你这是正宗的土鸡蛋吗?"老婆婆连忙点头,还说:"是家里的鸡刚下的土鸡蛋,比洋鸡蛋的营养强多了。"

胖男人不信，拿着一个鸡蛋在手里掂量。胖男人对老婆婆说："这样吧，我也不知道你的蛋是不是土鸡蛋，我要试验一下！"半天都没有生意来，老婆婆自然附和着胖男人，渴望早点开张把篮中的鸡蛋卖掉。

过了一会儿，胖男人拿了个鸡蛋，跑到一边的早点摊，让老板下一碗面，还吩咐加个鸡蛋。老婆婆眼巴巴地看着，胖男人吃着鸡蛋面，也等待着胖男人吃完面，确认了自己的鸡蛋是土鸡蛋后，照顾一下自己的生意。

胖男人吃面的当儿，有几个人买了老婆婆的土鸡蛋，我也买了几个，感觉蛋真的是很不错。我刚准备转身的时候，胖男人美滋滋地摸了摸自己的油嘴，晴天霹雳般发话了，"这鸡蛋味不正，坏了我一碗好面，面钱我掏了，鸡蛋我就不要了。"

外面不知道什么时候飘起了雨，老婆婆的银发也沾满了雨水。看着走远的胖胖的中年男人，老婆婆仿佛有些委屈，却没有说。老婆婆眼里有些湿润，我真的希望那都是雨水惹的祸。让人欣慰的是，老婆婆的土鸡蛋很快一售而空，那份委屈很快烟消云散。

一枚土鸡蛋值不了多少钱，但是一颗心的重量是轻是重，却轻易地被一枚蛋"识破"。占人便宜，占老婆婆这样弱势人群的便宜，胖男人的形象顿时就干瘪了，干瘪得比街头飞舞的一张纸片还薄。

空出来的博爱座

前不久,我跟随一个访问团去了一趟宝岛台湾,在那里度过了两周的时间。最初一周多的时间,我们都在繁华的台北市活动,出行有接待单位安排的车辆,偶尔我们也会搭乘满街跑的计程车。

一天,带团的古老师跟我们说,"我们去一座陌生的城市,一定要搭乘当地的公交车,才能更好感受到城市的魅力。"台湾人称公交车为公车,在古老师的号召下,我们搭乘了一辆台北的公交车。由于我们上车的地点,是这趟公车始发站后的第二站,车厢里并没几个乘客,大片大片的座位都空着。

古老师和其他同伴选择了红色的座位,而我选择靠车厢后门的一张蓝色座位。没想到,我刚刚落座,不仅车厢后部的乘客不停地打量我,连车厢前面的乘客也回头用异样的眼神看我。我摸了摸自己的脸颊,很快确定脸上没有饭粒或其他不明物体,接着我就稀里糊涂变成了摸不着头脑的"丈二和尚"。

我坐在自己的座位上环顾四周，接着发现在座位边上有"博爱座"的标识，而标识下面还有一行小字：请优先让位给老人、孕妇、行动不便及抱小孩的乘客。可是，我的四周不仅没有老人、孕妇、行动不便及抱小孩的乘客，车厢还空着许许多多的红色和蓝色的座位。若不是古老师向我招手，我还会坐在蓝色座位上发呆。

公交车继续向前行驶，驶过了一站又一站，车厢里的人越来越多。很快，车厢里的座位都坐满了乘客，还有一些乘客无奈地"罚站"。可是，我发现八个蓝色的座位，只坐着两个老人和一个抱小孩的中年男人，那些无座的乘客宁愿"罚站"，也没有选择坐在蓝色座位上。而后来陆陆续续上车的乘客，竟然都对空出来的蓝色座位视而不见。

古老师是地道的"台湾通"，每年都会来台湾访问，于是我好奇地问他，"台北公交车上的博爱座，相当于咱们内地的老弱病残孕席，可是非要把博爱座空出来，真的有这样的必要吗？"古老师笑着说，"空出来的博爱座其实不是硬邦邦的规则，而是台湾社会大众一种默契的共识，久而久之就成了不成文的约定。"

后来，我们的访问团体又去了台中和台南，我特地留意了一下乘公交车的情况。博爱座不约而同地被空出来了，只有需要帮助的人才会选择蓝色座位，当博爱座全部坐满了专属乘客之后，红色座位上的乘客也会适时礼让。一切都是那么的自然和谐，我顿时明白：空出来的博爱座，其实才是真正的良善和友好。

回到内地后，我常常在想：为什么我们的老弱病残孕席坐满了健康或强壮的乘客？为什么我们的老弱病残孕席不能跟博爱座一样空出来？

玩的规则

玩是一件轻松惬意的事情，玩是一件幸福洋溢的事情，玩是闲庭漫步，玩是峭壁攀岩，玩是水中探月的雅致，玩是长途暴走的历练，玩是想唱就唱想出发就出发想憩息就憩息……然而，玩的自由度其实也是有限的，玩不是绝对的随心所欲、为所欲为，玩其实也是有规则的。

我所在的本地的几家论坛，经常会组织一些福利性的活动，比如旅游踏青、比如美食品尝，比如电影试看等等。谁都想要诱人的福利，可福利的"饼"就那么大，论坛的管理者和活动的组织者想出了好办法，网友们以"抢楼"的方式争取福利，最终按相应的抢楼规则，选出少数享受福利的网友。每次活动举办期间，管理者和组织者都会言明，抢楼成功者才可参加活动，并不可擅自带亲友参加活动。然而，很多网友却不请自来地跑过来，入选者也会自作主张地带小孩或家属、朋友前来。要知道，福利性的活动虽然是玩的性质，然而组织者提供的福利是有限的，组织者的接待能力也是有限的，突破规则的不请自来或呼朋唤友，最终只会让组织者措手不及。渐渐地，那些不守规则的网友进入"黑名单"，以后的抢楼怎么都无法如愿——我想这样的"潜规则"应该不算黑幕，想必您稍一琢磨也能接受吧？

　　说到论坛里组织的活动，不得不提一次"打水仗"的活动，在野菱角丛生的茫茫的湖面上，乘坐渔民的木船尽兴地打水仗，无疑是一次童心爆棚的游戏。在湖水的"洗礼"下，享受湿身的快乐，再遥想钢筋森林的城市，遥想职场里的尔虞我诈，仿佛是一件很久远的事情。按说，打水仗应该是一件非常开心的事情，可是那份快乐却慢慢地变了味。其实，打水仗也是有规则的，只能用水枪取水袭击对方，不能使用其他的器皿。当木船上悬挂的旗帜被掠，整船人应立即停止水仗并"投降"，船长便会将船只靠岸退出比赛。可是，比赛没开始多久，就有人用搪瓷碗、水瓢甚至水盆、水桶盛水袭击对方了，被掠走旗帜的小组不让船长靠岸，依旧坚持不懈地袭击胜利者。在一片混战中，有人忍不住地说，"不讲规则，这打水仗一点乐趣都没有。"确实，当打水仗都充斥着心术，平等竞争的规则被破坏，职场、官场的那一套进入游戏，玩的乐趣的丧失也在情理之中了。

　　没有规矩，不成方圆。玩的规则，无疑就是一把无形的尺子，最终能够获得快乐和谐，靠的是一颗自律的心和一份自省的意识。而被约束的快乐，并不是痛苦的捆绑，反倒是我们最终同往幸福的保障。

用尊重换回尊重

这会儿,我其实有点小郁闷、小生气,邻居大学生小朱又来烦我了。事情挺简单的,小朱租住在隔壁的房子里,他按月出四十块钱,我从路由器上扯了根线,让他"分享"我两兆的带宽。他每次来烦我,都是相同的一句话,"喂,你为什么又拔了我的网线?"

请注意,小朱字正腔圆地吐出的,不是网线"松"了,而是被我"拔"了。他莫名其妙的质问毁了我的好心情,而最终导致他无法上网的是因为他买的网线水晶头太差。或许,下一月我会拒绝他来"分享"带宽,因为小朱算不上一个好邻居,他在大学或许学到了知识,却没学到邻居相处之道。

最近,有个网友突然在 QQ 上惊喜地告诉我,孙悟空的扮演者——六小龄童和自己住同一小区。我以为网友会帮自己或者朋友们找六小龄童签名,甚至会把自己和明星的合影传到网上,来好好地炫耀一番。可是,我却没有等待任何下文,网友好像并没什么实际行动。

　　网友告诉我，六小龄童是个很和气的人。六小龄童虽然名声在外，但是在小区里穿着普普通通，见到人总是一脸温暖的笑容。偶尔，碰到邻居可爱的小朋友，还会上前抱一抱、亲一亲。不过，六小龄童出门却总是一顶棒球帽，帽檐压得低低的，和在小区里的从容大相径庭。后来，网友知道，六小龄童其实担心狗仔队知道自己的住处，给小区其他的业主带来不必要的麻烦。所以，每次出门前都尽量低调、低调、再低调。而每次晚归也只让助手送到离小区较远的位置，一怕被狗仔队发现，二怕惊动了邻居的好梦。

　　我好奇地问，"这么大的明星住进了小区，就算狗仔队没来骚扰，业主们会不会常常围住六小龄童？"网友笑着说，"其实，最初真的还有这种情况，就连我自己好几次都想找他签名。不过，我们知道明星邻居也有自己的私人空间，而他也从不打扰邻居们的正常生活。所以，总的来说，邻居们都不怎么打搅他。只等他闲来无事，走进'群众'时，大家才会好好追星一把。"

　　邻里友好需要的最基本的就是尊重。邻里之道也是人生之道。

爱的漂流

我是个爱书如命的人,看过的书舍不得扔掉,便收藏了起来,装满了家中几个大的木箱。闲时,打开木箱,是扑鼻的樟脑丸的气味。而那些整齐地摆着的书让我有一种满足,仿佛那不是飘着油墨香的书籍,而是我巨大的私人财富。

最近,单位号召我们响应报社"爱的漂流"的倡议。所谓"爱的漂流",便是将平时自己闲置不看的书拿出来"漂流",给山区的贫困学生当课外书。这项倡议很人性化,同事们纷纷表态,明天就把要"漂流"的书带过来。

回到家中,我开始琢磨,该拿什么样的书"漂流"。"漂流"是一个爱心的传递,但是对爱书的人来说,心底却有着不小的挣扎。挣扎后,我开始从木箱里挑选"漂流"用的书。东挑西挑,我面前有了一堆书,不过书都有同一个特点:不是少了封面,就是缺了页,或者封底被涂画得乱七八糟。这些都是借书人的"杰作",借书却不爱惜是我最憎恨的，但是碍于面子只得硬着头皮慷慨借书。我暗暗想，留下这些书我只会看着心烦，而"漂流"出去山区的孩子们得到的却是精神的食粮。

捆好书，我准备去洗手间，却发现老妈捷足先登。洗手间里的洗衣机在运转着，旁边是大汗淋漓的老妈，还有几大袋脏衣服。那些脏衣服是我中学时代穿过的，一直放在储物柜里，老妈为什么要翻出来，我好生纳闷。老妈见我愣愣地站在洗手间外，便对我说了原由，"这些衣服虽然不时髦了但是还很整洁，我准备送给菜场的小贩，他们的收入有限，在农村老家的孩子没新衣服穿。"老妈说话的神情很专注，仿佛看到了远方衣着焕然一新的农村孩子。我不由得想问，"既然是送给别人的，您为什么还要洗得那么干净，即费事又费电，这不是多此一举吗？"老妈仿佛知道我会这么说，耐心地回答我，"帮助别人是一种爱的漂流，将旧衣服浆洗得干净整得挺括，其实是对别人的一种尊重，让那份关心不是怜悯和同情，而是一种温情的关怀。"原来，老妈也懂得爱的漂流，她还要继续浆洗旧衣服，我回到了自己的房间。

我将捆好的书放在了角落，重新在木箱里寻找适合"漂流"的书。我选择的标准是，对山区的孩子有用的，整洁而完整的书籍，仿佛不是一种简单的捐助行为，而是精心为给孩子们准备一份精神大礼。看着面前重新整理好的一叠书，我的心底被一种莫大的快乐包围，仿佛我看到了爱的漂流和漂流后孩子们的快乐，因此我也明白了老妈的用心和博大的胸怀。

友好是黑暗里的一束光明

其实，这个世界穷人挺多的，我习惯了做穷人的孩子。渐渐地，也没了因为困窘的家境而萌生烦恼，比如自卑、烦躁或者忧伤。

可是，我仍然不喜欢张霆威这个邻居，哪怕他是我从小玩到大的朋友，而且从小学到高中都是同班同学。让我和张霆威产生距离感，并不是我们有任何矛盾，我们一度甚至形影不离、亲近得像连体婴儿。

一切都因为张霆威的父亲一夜暴富，而我的母亲工厂倒闭下岗，父亲的薪水也越来越少。贫富的差距让我们疏远，我不再和张霆威同出同进，张霆威邀请我去参观他们新装修后的家，我也毫不犹豫地拒绝，甚至冷冰冰、硬邦邦地说，"对不起，张阔少，我高攀不起。"我转身离开时，张霆威的眼神有一种受伤的黯淡，我却有一丝莫名的快感。

我和张霆威依旧会见面，在这条我们生活了十多年的街道上，我踩着破旧的二六单车，张霆威却有专人开车接送。晚自习回来，街道上的路灯坏了，我小心翼翼地踩着单车，还是被坑坑洼洼的路面，弄得颠簸不断。张霆威的专车停在路边，他适时地打开了车灯，给我黑暗里的一束光明。可是，不管他出于友好，还是虚情假意的做作，我丝毫不领情。张霆威不再是那个快乐的张霆威，我很少看到他的笑容……

一天放学，雷雨天，张霆威热情地邀请没带雨具的我搭顺风车，我毫不犹豫地拒绝了。回家后，无暇给我送伞的母亲心疼我的狼狈，却不赞成我对张霆威的抗拒，甚至是刻意的冷漠。母亲对我说，"张霆威家的富有，是他的父亲勤奋创业和机遇眷顾的结果，但这不是你伤害他的理由。孩子，友好是黑暗里的一束光明，你也应该给予张霆威一盏黑暗里的灯。"

之后，我开始亲近和关心张霆威，我们重新成为无话不谈的朋友。我也知道，家境的富裕并不足以给张霆威快乐，张霆威也有许多成长的烦恼，比如一度失去我这个最好的朋友。

当看到张霆威渐渐地开朗起来，笑容驻扎进他的生活，我真的愿意相信母亲的话：友好是黑暗里的一束光明！

借钱"三步曲"

旭是对面摩托车修理店的伙计，没事常爱往我们冲洗店跑。都是年轻人，慢慢地我和他也成为了朋友。

一天，旭在路上遇到我，他向我借十块钱，说要给家里打个电话。大家是朋友，我想都没想就从钱包里掏了钱给他。旭连忙致谢，还一个劲说明天一定奉还。我觉得旭太见外，脸上马上便挂不住了。旭没多说什么，就匆匆走远了。第二天，我们冲洗店刚开门，旭就来还钱，还一脸的认真。我真拿他没办法，同事们也异口同声地说：旭是个守信用的人。

半个月后，我刚好发薪水。我正在点钱，旭进来了，一副手足无措的样子。原来，旭的钱被人偷了，想向我借一百五十块钱做生活费。我毫不犹豫地薪水里抽出一张一百的、一张五十的递过去。旭还是老样子，千恩万谢的，还主动约好还钱的日期。后来，旭的钱找到了，于是提前来还钱。可以说，朋友之间是可以借钱的，特别是旭这样的朋友。

和旭认识快半年了,我们的交情一直不错,同事们闲了聊到旭,总是一句接一句的赞誉。那次天已经很晚了,我打算睡觉,旭却来了。旭一脸的焦急,我从来没有见过他这么为难过,暗里也为他担心不已。旭说,他母亲的肝硬化腹水犯了,得花好多钱动手术。东凑西借,目前还差两千块,却找不到可以开口的地方了。我马上生气了,说旭不当我是朋友,有困难没有首先想到我。旭是个可以信赖的人,我没有理由不借钱给他。第二天,我请了假去银行取钱给旭,也没有告诉任何人。

旭拿了我的钱,我一直没见到他,我想他可能回老家陪母亲动手术了。哪知,一晃两个月,旭还没有回来。我跑到对面去问修理店的老板,才知道旭的母亲其实早就过世了,他实际上去了广州打工。老板还说,旭在店里的时候,总爱讲一个借钱"三步曲"的故事,看来你是中招了。

出了修理店时,我的心忍不住剧烈地痛起来,我不知道是为旭的欺骗,还是自己打了水漂的两千块血汗钱。

二十六床

妈妈脑溢血动手术后，住进了医院的住院部。病情稳定一点后，从特危病房转到了普通病房。妈妈是二十五床，临床是一位五十岁的男性病人。

病床上的妈妈不再昏迷，却还不能讲话，我们没事就陪在一边说一些开心的事。直到妈妈睡香了，我们便在一边休息片刻。临床的男病人那边每天都有不少来看望的人，让一间平淡无奇的病床变得热闹了几分。后来，我们从护士口中得知，病人是某局的副局长。于是，我心底便多了一丝敬畏，不敢贸然打扰对方。

一天，我在妈妈睡着的时候，拿着一本杂志百无聊赖地看着。二十六床的局长病号和我说话，聊起了"天气很好哈哈哈"之类的话题，我正好没事便在一边附和着。局长好像对什么都感兴趣似的，连我在做彩扩这行的前景都有独特的看法。我顿时沐浴在局长关心的目光里，也感到了局长平易近人的一面。

为了担心妈妈会患上后遗症，我们总是不停地给妈妈揉手揉脚活络血脉。局长看到了，便告诉我们一道乡下的偏方，只要按摩指甲根就会起到很好的效果。我听从了局长的建议，妈妈的手脚也渐渐有了知觉。想不到偏方比大医院的药物和护理还重要，我不停地感谢局长，说着一番客气的话。局长手挥挥，说相逢就是一种缘分，不必太拘泥。

后来，妈妈出院了，我们还和局长热情地告别，还留下话有空会来探望他。局长依旧是一脸和气的笑容，目送办理完出院手续的我们走远。过了几天，我践诺来看望局长，自然又是一番贴心的话。而局长的病也快痊愈了，等我再次去医院的时候，二十六床已经换了新的病人。

又过了一段时间，我去派出所给朋友办迁移户口的事情。正要进门，看到局长和派出所的人一起有说有笑地出来。"您好"，我满脸笑容的和他打招呼，他却视而不见，很快钻进了门外的小车。后来，还有一次，我在咖啡馆碰到局长和一位女士在消遣。我的问候再次被冷落，仿佛我是一个急于让偶像签名的追星族一样，总是受到足够的冷漠。

局长不认识我了吗？我自己都陷入了迷惑中，不过我想既然妈妈出院了，局长也痊愈了，那种在病房里建立的友谊也就跟着烟消云散了。

左手的尊重

从小，我就迷上了乒乓球，小学阶段就拿过几次学校比赛的冠军。念初中后，我的球技与日俱增，成为了学校名副其实的"常胜将军"。"常胜将军"有"常胜将军"的快乐，但是也有"独孤求败"深深的寂寞和失落。

杨红烈老师是我们的体育老师，显然他洞见了我的烦恼，于是千方百计地联系乒乓球高手，让我有和高手对垒的机会。遗憾的是，那些所谓的高手都败在我手下，让我的寂寞和失落进一步地加深，甚至还开始骄傲自满起来，也不再把对手放在眼底。

后来，杨红烈老师又领来一个男孩，说，"这个是小雄，他是去年市中学生运动会乒乓球男单冠军，如果你真想证明自己就努力打败他吧。"由于我长期保持不败，我并没把小雄放在眼里，准备三下五除二，痛痛快快、漂漂亮亮将小雄打败。

可是，小雄一在球台出现，我便气得涨红了脸。我气势汹汹地对担当裁判的杨红烈老师说,"小雄用左手来对付我,明显是不积极投入比赛,我不愿意和一个不尊重比赛、不尊重对手的人比赛。"

不等杨红烈老师开口,小雄就换回右手持拍,还露出一脸的歉意。比赛并没有想象中的精彩,小雄的球技也仅仅是中规中矩。在七局四胜的比赛中,我一连获得了四局的胜利,给小雄彻底剃了个"光头"。联想到小雄之前对我的不尊重,我顿时有了一种赢得很解气的快感。

第二天,我在学校的体育馆练球,无疑中发现资料室有一张去年中学生运动会的实况光盘。将光盘塞进资料室的电脑,我快进到我最关注的乒乓球比赛中。果然,小雄出现在男单比赛的决赛赛场,他的球风快、准、狠,与之前和我比赛时判若两人。我再仔细看,发现决赛中小雄用的正是左手,左手的威力丝毫不逊于右手,甚至远远在右手之上。

"难道小雄是个左撇子?"我抱着这样的疑问,找到杨红烈老师求证。杨红烈老师笑着说,"小雄确实是个左撇子,用左手和你比赛绝不是瞧不起你,而是对你莫大的尊重。遗憾的是,你不仅失去了一个高水平对垒的机会,更是伤害了他对你的尊重。"

后来,小雄被省乒乓球队选中,成为了正规的运动员。而我也失去了再次和他对垒的机会,不过我从他的身上不仅学到了拼搏的精神,更是懂得使用左手也是一种尊重。其实,尊重是发乎内心的美好情怀,不要轻易误解对方的尊重,那无疑才是对尊重最大的珍惜。

帮民工大哥买回家的票

为了给女儿更舒适的环境,我和老婆请了两位民工大哥装修宝宝房。装修开始了,我们整洁的家也乱了套,老婆总是阴着个脸说,"真希望讨厌的装修快点结束"。

装修结束了,到了给民工大哥结算工资的时间,转眼也是年味渐浓的腊月。老婆给民工大哥结工资的时候,我在网上和朋友们聊着天。这时,其中一个民工大哥试探着问,"老弟,听说火车票可以网上买,到底是不是真的?"我认真地说,"网上买火车票不用排队,确实挺方便的,你们要不要试试?"那个民工大哥搓了搓手说,"我们一把年纪不会上网,享受不了那个方便。老弟,您先忙,我们要走了。"

想着火车站售票厅老长老长的队伍,还有春运期间一票难求的情形,我有些担心两位民工大哥回不了家。于是,我自告奋勇地说,"大哥,要不我帮您在网上买两张票,您再找时间去代售点或火车站领票就成。"老婆顿时对"多管闲事"的我怒目以对，恨不得在一边跳起脚来，而两位民工大哥却开心得像个孩子似的。

　　问清楚两位民工大哥回家的时间后，我在网上成功为他们买了两张回家的硬座票。当我拍拍手示意火车票已经买好时，两位民工大哥顿时瞪大了眼睛，之前问话的民工大哥说，"老弟，就这样，我们回家的票就成了，会不会到时候拿不到票？"我拍着胸脯说，"你们看网上都显示购票成功了，要不等你们去代售点或火车站拿到票，再把订票的钱给我得了。"

　　我话刚说完，老婆的眼里又开始冒火了，显然她已经非常不乐意了。而其中一位民工大哥说了，"老弟帮我们这么大忙，怎么好意思让您垫钱，我们绝对相信老弟，车票钱您拿好了。"其实，离开时，两位民工大哥还是有点半信半疑，而老婆立即开始数落我，"就你会多事，就你知道逞能，人家信不信还真难说，人家不先给钱你就吃哑巴亏了。"

　　三天后，我接到其中一个民工大哥的电话，"老弟，真的太谢谢你了，我们刚好在火车站附近做活，顺便领到了预订的火车票，真的不需要排队就能拿到票。老弟，你知道吗，我和我的工友两年没有回家陪老人、老婆和孩子过春节了，今年能回家过年真是太激动、太兴奋了。"说着说着，电话竟然传来哽咽的声音，让我也不由得有了小小的触动。

　　末了，民工大哥还说，"如果我们装修的宝宝房有质量问题，或者您家里以后有什么需要帮忙，我和我的工友一定随叫随到，能免费服务的就免费服务，要收费的也一定优惠了再优惠。"

　　事后，我跟老婆说，"赠人玫瑰，手有余香"，老婆笑着说，"我知道，传递一份温暖收获一份美好，其实正能量也是会被传染的嘛。"

贺卡里的温暖

一直以来,我以为人与人之间的温暖被消磨了,友谊成了世间稀罕之物。特别是分隔两地的朋友,渐渐会在彼此的轨道里,遗忘了曾经携手的情谊。

以前的岁末是贺卡盛行的时候,随科技的发达,贺岁也让电话问候、电子祝福所取代。街边的小摊仍然挂满了贺卡,在风中飞扬,可是光顾的人却越来越少。于是,一声问候也变得便捷了,而便捷之中却蕴藏着科技时代的冰凉。当然,我也是贺卡小摊边,匆匆走过的一位平凡的路人。

我有个舞文弄墨的兴趣,时常会在全国各地的报刊发表点文字。我门前的信箱里,总会被样报样刊和稿费单塞满。最近去开启信箱时,却时常会发现几张贺年卡,来自外地的文友,还有一些久疏联系的同窗和朋友。那一刻,我的心里堆满了喜悦,仿佛听到了花开的声音般,在寒冬里感受到了春天的温暖。这些写着朋友亲笔祝福的卡片，穿过了时空跋山涉水后抵达我的城市。虽然，邮寄的方式比不过电话网络的方便，却在游历的过程中让一份情感更加厚重而珍贵。

我买回了一叠厚厚的邮政明信片，一一给远方的朋友回寄贺卡。刚刚寄出贺卡，信箱又到了新的贺卡，于是我赶紧再次补寄贺卡给这些朋友。后来，我打了一个电话问远方的朋友，为什么会给我寄贺卡。那边，朋友淡淡地说："没什么啊，我想起了你这个朋友啊！"

原来，千山万水并没阻隔我们的友谊，惦念还是在朋友的心底长存。而我顿时有些惭愧，在岁末自己又想起了谁呢？每当原来承载着友谊的贺卡送抵，我只是礼节性地回复一张贺卡。这不是友谊的互动，仿佛只是一种应付差事的回馈。

手里捧着厚厚一叠贺卡，看着上面的朋友的名字：张湘饶、李益、谭飞鸿、宗学哲、周海亮……每个名字背后都有一颗散发热情的心，让我在这个季节里被温暖团团包围。

其实，城市的距离、信息的发达和工作的忙碌都不是让我们变得冷漠的理由。只是在我们在尘嚣中日益麻木的心，要懂得去关爱身边或远方的朋友，在岁末寄出一份手写的祝福，在内心深处留存对朋友的挂念……

无法抵达的咫尺天涯

他以为，他和她的人生不会再有交集，连天涯海角的眺望都是一种奢望。那一年，她转身消失于茫茫人海。他想，一生的错过是天注定。

十年之后，同窗大山建立了一个校友群，校友群里有很多同年级的同学，也有学长、学姐和学弟、学妹。身为他的学妹的她也在这个群里，当他被大山"搜"进这个群的时候，他没想到他和她的重逢就这样来了。她用的是十年之前的头像，甚至连网名也是十年之前的笔名，恍惚之间，他有一种非常真实的错觉——十年之后的自己遇到了十年之前的她。

校友群是个很热闹的地方，大家一边寻找着昔日熟悉的校友，一边不能免俗地拿绯闻当谈资。很多同班同学、学长学妹或学姐学弟都扯到了一起，那些曾经众所周知或秘而不宣的恋情，在十年之后的QQ群统统被揭开。而他和她的故事却没人提起，他和她就像不会交汇的两条平行线,连校友们的玩笑都不会"牵连"到他们。

他时不时参加群里的热聊,久而久之,成为十年之后的热点校友。而她却是沉默的,像一朵甘于躲在一隅的无名小草,几乎很少能见到她说一句话,哪怕是一个应和的表情都没有。他不是没有想过和她聊聊,很多时候却不知道从何聊起,有时话已经到了嘴边却说不出来。在他的思想里,还是不要打扰她为好,她或许已经有了更加幸福的生活,十年之前的校园里的情愫,不仅不能慰藉时光里的寂寥,还会扰乱她现有的生活秩序。

校友群的名录排列是随时都会变化的,有时候是因为有新的校友加入,有时候是因为在线或离线的关系,而他和她则有的时候首尾相望,有的时候却能比邻而居。和她比邻而居的时候,他的心底是有一点点窃喜的,但是那份喜悦只留在心底,不敢在群里公开表达,也不敢对她勇敢地说出来。他知道,他和她看上去近在咫尺,其实岁月的流转,他和她早已远在天涯,心与心的距离是永远无法逾越的鸿沟。

没多久,他在群里找不到她了,那个熟悉的头像和网名都不见了。问了大山才知道,她于某一天悄悄地退群了,而且拒绝了大山的再次进群的邀请。咫尺如天涯,到真的变成天涯般遥远,其实只用了不到两个月的时间。他不由得想到了学生时代,他一直暗恋着有点小清新、又有点小高傲的她,他对她的爱一直不敢轻易道出,直到毕业季的到来,他的表白换来了她的拒绝。那个时候的他显然没听过那首歌——往前一步是幸福,退后一步是孤独,他也没弄懂她女孩的矜持,适时的退缩换来的是咫尺天涯,以及从此天各一方后的杳无音信。

十年之前,他轻易的撤退换来的是爱的寂寞,以及一段凑凑合合了几年的婚姻;十年之后,离异的他在QQ群和单身的她重逢,卷土重来的胆怯和顾虑让咫尺之距,再次变成了追不回的天涯之遥。

而这一次的咫尺天涯,又需多少年的两两相望才能抵达,其实他的心底并没有答案。

第二辑 人际万花筒：友好是黑暗里的一束光明

懂得承担

2005年,湖南作家方八另组织了一次文友聚会,让我至今难忘。

根据方八另先生的设想,与会的作家每人交纳200元会务费,自由撰稿人交纳100元会务费,如果届时找到赞助企业,费用将全额退还给大家。聚会进行之前,方八另先生鞋都磨破了几双,依旧没有说服任何一家企业。方八另先生充满歉意地宣布:本人办事不力没找到赞助企业,大家交纳的费用采取"多退少不补"的办法,超支部分由本人一力承担。参加聚会的人没有责怪方八另先生,大家来聚会为的是交流心得、增进感情,没人会在乎承担聚会必需的开支。

聚会伊始,大家纷纷交纳了200元的费用给方八另先生,方八另先生也进行了细致登记。其实,大家都知道酒店住宿的费用、风景点的门票和几顿聚餐的餐费,每人200元的费用根本应付不来。

可是，方八另先生不仅坚持不多收大家一分钱，随后还一一核实与会人员中的自由撰稿人，并退回了多收的 100 元费用。聚会费用明明出现了缺口，依旧还坚守自己的承诺，方八另先生狠狠地感动了大家一回。

次日下午，方八另先生安排大家品猪脚宴，二三十号人坐了满满好几张桌子。开席之前，方八另先生认真地说，品猪脚不要喝酒，喝酒就坏了猪脚的味道。猪脚别致的风味让大家食指大动，没多久，大家就快乐地"啃"成一片了。可是，有几位仁兄无酒不欢，悄悄出门，扛回好几箱啤酒来，硬是要号召大家喝啤酒啃猪脚。一定程度上，酒水欠奉成了尴尬的小插曲，就像光辉的太阳也有黑子一般。出乎意料的是，聚会结束，大家各自回到自己的城市，几位自掏腰包买啤酒的仁兄，先后收到了方八另先生汇来的酒钱，附言处还有歉意连连的留言。

那一次聚会，有人估计方八另自贴两三千元，有人估计甚至远不止这个数字。要知道，纵使只是两三千元，那也是方八另先生当时一个多月的工资。可是，方八另先生从头到尾没有抱怨半句，所有的付出仿佛都理所当然似的。

毫不夸张地说，方八另先生的敢于承担，成为了那次聚会最大的亮点，让大家的记忆在岁月长河里愈久弥新。懂得承担，或许会让我们有一时的负担，但是适时的勇敢是最大的人格闪光点，让我们能骄傲地面对最真实、最美丽的自己。

女孩来看我

精灵是突然从我的 QQ 里冒出来的,来得一点预兆都没有。她是我的读者,我常在她所在的城市的晚报副刊发稿。她说自己挺喜欢我的文章,一份收藏的刊登我文章的样报遗失了,她通过网络找到了我的网上工作室,那篇文章"失而复得",还意外地知道了我的 QQ 号。

精灵和她的名字一样活泼开朗,有着十七岁高中女生的古灵精怪。通过网络,我这个大龄青年和精灵小女孩成为了无话不说的朋友,还互相交换了手机号码。

"现在的中学生真幸福,都配上手机了",想着自己的学生时代,我对精灵生出了几分羡慕。我正暗自琢磨着,精灵的短消息便发了过来,她要网上网下"全方位"和我聊天。通过聊天,我知道精灵的家庭环境不错,她过着优越的生活。精灵在网络那边敲着笔记本电脑的键盘,告诉我她的梦想是上中国科技大学,然后希望能移民到国外生活。而想想我小时候的梦想，去省城读书和工作才是最大的梦想。聊天时，我总会说，"精灵你真幸福"。有时还庸俗地说一句，"你真是个有钱的女孩。"而精灵却说，"我要来看你，想看看文字背后的你？"

很快精灵知道我并不和她在一个城市，只是从遥远的地方向报纸投了稿件。不过，精灵还是认真地说，"有一天，我会去你的城市看你。"两地相隔千里之遥，我只当精灵在说孩子气的话。

和精灵交往一段时间后的一天，我听到了门铃声，门外是个风尘仆仆的陌生女孩。精灵竟然从千里之外坐飞机来看我了，这让我大大地吃惊。我继续开着玩笑说，"不愧是有钱的女孩，竟然坐着飞机跑来跑去，我还不知道飞机长什么样呢？"我的话让精灵委屈不已，"我过来是看你的，这是我之前的承诺，也是最大的心愿。飞机票是我的压岁钱买的，难道我的家境要影响我们的友谊吗？"

陪精灵在熟悉的街道上散步，说着大龄青年和校园美少女不同的心事。我默默告诉自己，精灵是个纯洁善良的女孩。其实，友谊是可以跨越年龄的差距、空间的隔阂的，让两颗心默默贴近。友谊不论双方的际遇如何，那颗热诚的心才是弥足珍贵的，任何的懈怠和怀疑都是一种亵渎。

差评不是能随便给的

郭小诺被选为班长时,他刚从小镇考上市重点中学,郭小诺的高分让他有了意外收获。这是郭小诺第一次"当官",突如其来的权力让他有着巨大的晕眩感,准确说是,兴奋中夹杂着挥之不去的幸福。

在郭小诺的眼里,自己在过去的班级,是非常弱小的一分子,没少受到同学的排挤,班干部"公报私仇"的状况也不少。现在,郭小诺发誓要挽回曾经丢失的尊严,用电视剧里的台词来说,他要好好摆一下"官威"。郭小诺的QQ好友里,有一个念大学的大哥哥网友,他会将所有的心事都讲给这个大哥哥听,当然包括新官上任的诸多想法。大哥哥最近挺忙,不仅要准备毕业答辩,还在经营着网店的生意。大哥哥仅仅是留言劝他,"班长并不是你的特权,好好善待你的同学。"

郭小诺显然没把大哥哥的话听进去,倒是努力地完成班主任交待给他的工作——悄悄记录班上调皮同学的种种不规矩行为，当作班主任批评同学、甚至请家长的依据。班长竟然是班主任安排在同学中的"细作"，这让同学们有一种如芒在背的感觉，这样的感觉郭小诺在小镇时尝过，当自己被"暗算"时也表现出巨大的愤怒。可是，时过境迁，当自己坐上班长的位置，郭小诺竟然为自己潜伏的角色洋洋得意。甚至有同学冲撞自己时，郭小诺会甩一句狠话，"×××同学，你再惹我，小心我在班主任那里给你个差评。"可别说，"差评"就像唐僧嘴里的紧箍咒，让本来活跃如孙悟空的同学，顿时吓绿了脸，说不出话来。

郭小诺将这些"有趣"的场面，通过QQ留言给大哥哥网友分享。没想到，隐身的大哥哥网友的头像亮了，他回话，"最近，我在开网店，积累信誉是最重要的。作为卖家，最担心就是买家不满意服务，在网上给了差评的评定。"郭小诺不解，"顾客肯定有不满意的，一两个差评有什么可怕的，大哥哥不用太在意。"大哥哥说，"虽然百分之百的好评难求，但是买家也不该随随便便给差评，滥用自己的权力对卖家也是一种伤害。"

大哥哥没有对班长郭小诺的行为作出评价，但是郭小诺顿时明白自己陷入了一个误区。原来，差评真的不是能随便给的，缺乏尊重地行使权力，或许能换取一时的得意，但是，盲目的傲慢却只会让自己被孤立，学生时代的孤独是权力的光辉无法弥补的。

让 棋

老爸是家乡小镇上出了名的棋迷，每天都可以看到他和人家对弈的场面。我6岁时，很崇拜我那高大的老爸，总爱趴在他的棋盘上观战。其实，小小的我哪里懂得楚河汉界里的玄机，只是看着老爸投入的样子觉得蛮有趣的。

老爸见我也不和别的孩子玩，就有意无意教起我下棋来。棋盘是老爸用三夹板做成的，落子时候铿锵有力很是威风，幼小的我陶醉在落子的快乐里。"马飞日，象飞田，炮打隔山"，在老爸的教导下，我终于摸到了象棋的门边了。没事的时候，老爸就和我对弈，当然因为实力悬殊太大，老爸只好让子。我还记得，那时候老爸让过我半边人马。不过，随着我学习的深入，棋术有了很大的提高。记得我8岁的时候，老爸就只让我一个"炮"了。

老爸的棋技在镇上首屈一指，很少有人能够战胜他。再有人来邀战，老爸就把我推上"前线"。在众多大人不以为然的眼神里，我赢了一场又一场。随着别人的称赞越来越多，我也飘飘然起来。但是，再和老爸交战，还是他让我一个"炮"，并且各有输赢。我想老爸的地位是不能撼动的，哪怕后来我到省城工作了，心底还是怀着不能超越老爸的遗憾和对老爸的钦佩。

转眼我已经在省城工作7年了，千头万绪的事儿让我抽不出身回家，更不用说和老爸对弈了。其实，象棋我已经很久没有下了，在喧嚣中难有那样恬静的心情。

前不久，单位组织活动去了我的家乡，我顺便回家呆了几天。老妈嘘寒问暖，老爸精神不太好，头上都有了银丝。突然，我想起了儿时和老爸对弈的情景，便提出再和老爸下一次让子的棋局。老妈摆好了棋盘，老爸和我再次鏖战。

少我一个"炮"的老爸明显力不从心，呈现出四面楚歌的窘境。老爸以往落子生风，气势如虹的风采不见了。老妈在一边说："勇儿，还是你让他子吧！"老爸也没有反对，我抽出自己一个"炮"。几局下来，各有胜负。我好生意外，久疏棋局的我怎么会赢了当年威风八面的老爸呢？

也许都是岁月惹的祸，不仅是让棋，也包括老爸日渐衰老的容颜。我的心慢慢黯淡下去……

分享月

一年一度的中秋快到了,月饼开始走俏起来,超市里的月饼促销一浪接一浪,西饼店的月饼花样百出。

最近,我去逛一间常去的知名西饼店,发现了一款叫"分享月"的新月饼。所谓"分享月",个头要比普通月饼大一些,意在让一家人分享。那一刻,仿佛被一股力量推动着,我眼里没众多的西点、面包,连各种馅料的月饼也视若无睹,单单挑中了新品"分享月"。

可是,回到独居的家中,我顿时哑然失笑:没有人和我分享这"分享月",分享月饼在富足的今日实属多余。不过,我的记忆却如潮水般汹涌着,慢慢汇入那些已然成为往事的岁月里——

那是我的孩童时代,我家在一个偏僻的小镇,和许多普通的家庭一样,生活十分的拮据。孩童时代不仅没有丰富的玩具,也没有琳琅满目的美食。只有过年过节时,伙食才能小小地改善一下,比如春节可以吃肉、吃糖,中秋节可以吃月饼。那时候的月饼还是稀罕之物，只会在每年的中秋，限量地出现在蛋糕房。在我的印象中，就算家里困难得揭不开锅，中秋节的月饼却从未断过。当然，父亲从蛋糕房买回的月饼不是精装礼盒，也不会是一大堆散装的月饼，每次都只是孤零零的一小块。

月圆时分，父亲将月饼摆在桌上，用菜刀轻轻切成四块，最好由父亲来亲自分配。我和小妹总会偷偷嘲笑父亲刀功不行，而分给我们的那四分之一块月饼，明显要大了那么一点点。一家四口，父亲、母亲、我和小妹快乐地品尝着月饼，然后看着夜空皎洁的圆月，一个美丽的中秋就拉下了帷幕。年复一年，四分之一块月饼，很神奇地成为了我和小妹的期盼，而一家四口的中秋节仿佛从来没改变过。

时至今日，我和小妹都离开了故乡小镇，在大城市为生活和梦想努力打拼，也拥有了落地生根的资本。母亲因为两度脑溢血，遗憾地放开了我们的手，父亲眷恋故土，独自居住在小镇的老屋里。一家四口分享一块月饼的画面，永远地定格在记忆深处，成为一部无法翻拍的电影。就连我买回的"分享月"也没有人来分享，只能静静地躺在冰箱的保鲜格子里面。

而我只能在中秋月圆之时，拨一通问候的电话给父亲，温暖他、温暖我、温暖记忆里的那些中秋夜。

请记住别人的名字

读初中时,我的成绩不好不坏,但是人缘特好,班里班外的同学都爱和我交朋友。走在校园里或者放学回家的路上,总会有一些同学和我打招呼,然后天南地北的海聊一番。

可是,我这个人有个毛病,对人的长相记得很牢,可对名字却往往记不住。有时,遇到个熟悉的同学却叫不出名字,我只好掩饰自己的尴尬,装着很热情的和同学搭腔。我本以为这是无关紧要的事情,也没刻意地记住别人的名字,我自我安慰接触多了自然不会忘了。等到在毕业簿上留言时,我发现上面有很多陌生的名字,祝福来自谁让我无从分辨。我看到了一个署名"王超"的留言,"路勇,你是个不错的朋友,但是记住别人的名字,那将会让你拥有更完美的友谊。"王超的留言让我第一次意识到,自己做得很不够,算不上是一个真正的好朋友。带着遗憾,我升入高中,以前不爱记同学名字的毛病又"发作"了。

郭景严老师是我的高中语文老师，他辅导我的学习，也经常和我聊天。当他知道我的苦恼后，给我讲了他从前的故事——

"我那时在市重点中学上的高中，成绩名列前茅的我是各科老师眼里的'红人'。哪怕是在街上，老师遇到我都会大声地叫我的名字，关心地询问几句。可以说，我考进北师大，老师们的功劳可不小。我对老师们怀着莫大的感激，我想自己一辈子也不会忘记他们的教诲。我本来想每次休假回家都去一一看望以前的老师，可是家里几次搬家后，我的计划不能实施。退而求其次，我想倘若见到老师，一定深深地鞠个躬，好好地感谢一下以前的老师。

"可是，后来我在街上遇到了教数学的老师，刚要叫声'×老师'时，我却想不起数学老师的姓。在脑海里搜刮了一番，依然没有准确的答案。等我犹犹豫豫时，数学老师看了我一眼，失望地从我身边走开了。我知道是我的'不礼貌'让数学老师失望了，可能还会感叹白费了心思栽培我。从那以后，我知道了记住别人的姓名是一件多么重要的事。我开始对着毕业照核对老师的姓名，生怕下次会再次出错。

"当了老师，学生多得数也数不过来，但是我也开始认真地记学生的名字，将名字记在班级合照的背面，并且一一对号。不瞒你说，近十年的学生姓名我差不多都记得。你想想，如果时隔多年，我遇到自己的学生还能叫出他的名字，那该是一种怎样的喜悦啊。"

郭景严老师的话让我豁然开朗，我终于明白自己错在哪里。我买了一个漂亮的笔记本，将一些同学的名字记在里面，还增加了同学的生日、爱好等信息。我像温习功课一样，经常翻开笔记本，将不太熟悉的同学在脑海里过一遍。

当我开始能准确地记住同学们的姓名，在偶遇时大声地叫出名字，他们都表现出一种满足感，仿佛被记住是莫大的幸福。渐渐地，我的朋友越来越多，我想应该少不了我记住别人名字的功劳。

其实，记住别人的名字是一种基本的美德。当你的细心记住别人的名字，便给予了他人一份实实在在的尊重。当尊重得以体现，那么友谊的心便会越靠越拢。

我的麻辣邻居

生活在同一座城市同一个小区的同一个门栋,地板挨着天花板或者一墙之隔,每天能在小小的空间里相遇,这不能不说是一种奇妙的郁闷。形形色色的邻居带来了不同版本的故事,而我要说的是和那些比较麻辣的邻居之间的故事……

301:膀爷"家访"

301是一串平凡的数字,但是却是这个城市里和我最亲近的数字。我们住在302,301是我门对门的邻居,常常清晨出门上班,便可以看到对面的笑容或者熊猫眼。

301在我们之前入住,301的男主人老黄是一个热情的中年人。我们入住时,老黄像主人一样热情地和我们打招呼,帮我们搬家具和生活用品。等我们安顿好了,老黄更是成为了第一个串门的邻居,而且串门的频率挺高的。

入夏后,气温一路狂飚,酷暑的滋润让人挺难受。下班回家后,为了享受更多的凉爽,我和老婆开始"精简"着装。老黄一如既往地来串门侃大山。面对如期而至的老黄,我们有些手足无措,特别是我的老婆更是窘得小脸红扑扑的。很快,我们便意识到,居家的清凉装并不是最佳选择。

我们衣服越穿越多,恢复了一身"正装",老黄却越穿越少。起初,老黄还是T恤、运动长裤,渐渐地变成了背心、沙滩裤,最近还开始打起赤膊当了"膀爷",穿着个大裤头。"膀爷"老黄一点也不见外,每天的"家访"成为习惯,不请自来带着欢笑离开,我们却开始把回家当成莫大的痛苦。

102:不打不相识

102的小柳是门栋里我最后认识的一户邻居,我们不是在小区里认识的,甚至在小区的门栋联谊会上都没见过他。说来我们的初次见面有些"传奇",我们的交情其实是从外地开始⋯⋯

事情是这样的,在外地出差的我上了一辆公共汽车。刚准备落座,却被一个高大的男人野蛮挤开了。平时我性格很温和,可是在外地呆烦了的我火气也冒了上来。想不到,高大男人也是个火爆脾气,于是两个男人在外地的公共汽车上斗起了嘴来,要不是一车乘客极力规劝,弄不好会造成"决斗"场面。当怒火渐渐平息,我和男人心平气和地沟通,意外地发现我们是一个门栋的邻居,家与家的距离以米为单位计算最合适。

不打不相识,回来后我们成为无话不说的朋友,经常在一起下下棋、看看球赛。而脾气火爆的小柳还帮了我一次大忙:一次家里的电脑主板被窃,等我们发现时小偷已经溜走了,只好无望地大叫"捉小偷"。小柳听到,声如洪钟的呵斥吓坏了逃跑的小偷,小偷跌倒在路边,在邻居的协力下,小偷成功被抓住。

当老婆和我一起登门感谢时,小柳挥挥手说"没事"。当我们奉上一点心意时,小柳二话不说便拒绝了。当我们还要坚持时,他一副要变脸的架势,领教过他火爆脾气的我只好作罢。

901:都是减肥惹的祸

听老婆说,901漂亮女住户是个单身白领。我很少和她打交道,不过门栋里有个美女邻居,无疑是一道亮丽的风景。901一直是我心底的谜,而让我对她开始印象深刻并不是她的美貌,而是她一次"反常"的举动。

前不久,由于电梯故障,住户们只能步行上、下楼。我住在三楼还好,但是楼上的邻居却口不堪言。可是,在其他住户都愁眉苦脸时,901女住户却一点也不在乎,还对我老婆说,"爬楼梯的感觉,真不错!"老婆一脸错愕,我也对她刮目相看,还嘀咕着"是不是脑子有问题?"

更让我们吃惊的,当电梯恢复运转后,901依旧没有乘电梯上下,而是依旧坚持走楼梯。这无疑也造成了我们更大的不解,看她的眼神也有些异样了。不过,很快谜团解开了,901并不是无故"弃电梯选择楼梯"。而是,在电梯停摆的日子,901找到了减肥的秘诀,爬楼梯"爬"掉了体重。在减肥获得初步成果后,901当然不肯轻易放弃,就这样不明就里的我们产生了误会。

接着,我们知道了901的女住户叫李美,李美真的很美,瘦身后更是美上加美。

邻居的故事说不完，正是因为有了他们的存在，日子变得更加灿烂，更加有趣……

第三辑

职场航站楼："雪藏"你的借口

每天都是试用期

五年前，一轮面试结束后，新员工名单顺利地揭晓了，一批新人开始了属于他们的职业生涯。看到张心心时，我想到十年前的自己，彼时的我跟此刻的他一样：有着嫩得掐得出水的皮肤，穿颜色鲜艳的廉价休闲服，见了谁都红着脸微微一笑，暗暗发誓要闯过试用期……

其实，试用期真的不是洪水猛兽，比起求职时的百里挑一、千里挑一，试用期的成功率要高出许多。相信只要员工的能力合格，或者有充足的上升空间，管理者断然不会轻易地说"不"。当然，张心心不敢掉以轻心，他每天第一个上班、最后一个离开，不管对元老还是新人都一脸谦卑的笑，对每一项充满挑战的工作都充满热情，从来不给自己的失误找一星半点的借口……

当我把自己对张心心的欣赏，说给相熟的公司元老听时，元老淡淡地说，"试用期的每一天都可能是新人的最后一天，新人没有理由不图表现、低调谦卑、充满热情和敢于承担。当试用期结束后，随时走人的威胁没了，恐怕就不好说了。你想想，十年前，你的试用期何不是如此，渐渐地，不也是散漫随性多了。"元老的话让我耳根热热的，但是好像又不无道理。

张心心的试用期结束了，他毫无悬念获得了公司的留用，并签订了一份为期五年的劳动合同。张心心依旧每天早来晚走、微笑示人、积极热情，当经手的工作越来越多，难免也有犯错误的时候，他从来不为自己开脱。很多时候，我恍惚觉得，张心心还是试用期时的张心心，自始至终几乎都没有变过了。

五年过去，张心心不再是新人和菜鸟，而是我所在部门的主任，掌管着十五年工龄的我，还有许多其他元老和新人。"长江后浪推前浪，前浪死在沙滩上"，我倒没有太多的感伤和失落，职场从来都是能者居上，成功从来都是有迹可循的。我关心的，倒不是张心心一路向上的轨迹，而是他数年如一日的坚持，时光的历练没有改变最初的自己，他到底是如何做到这些的？

一次交流后，张心心告诉我，"在职场，每天都是试用期，把每天都当成是职场的一场考试，才能让自己不会被无情地淘汰。正是因为我不希望被淘汰，所以我不敢放松对自己的要求，不敢改变最初让自己获得机会的秉性。"听完张心心这一番话，我知道张心心和我并不同，他时刻都在给自己的人生上发条，而我却早早放弃了最初的勤勉和坚持。

每天都是试用期，显然适合职场中的每一个人，是走向成功不可或缺的钥匙。

相信自己，相信明媚

他们告诉我，顾教授是咱们彩扩店的老顾客，她又是特别挑剔、特别难缠的顾客。顾教授进店来冲洗照片时，个个彩扩员都少了一份主动和热情。道理很简单，为顾教授服务工作效率低，而且废品率又非常高，而废品率超过一定比例，彩扩员可是要被扣工资和奖金的。

可是，顾教授来了，没人敢把顾教授赶出去，如果顾教授点了谁来冲洗照片，这个彩扩员总得硬着头皮上。由于我还是个新手的彩扩员，更多的时候我只是打下手的角色，要不就耐心地看其他彩扩员为顾教授工作。看着为顾教授冲洗照片的彩扩员，脸上虽然是热忱的笑容、耐心的态度，其实身体却在焦躁地扭来扭去，我偶尔也有想笑的念头。

当然，顾教授学问高人自然不笨，她也觉察到彩扩员的不耐烦。一天，顾教授一进门，就指着我说，"嗨，小伙子，今天你来帮我冲洗照片。"我小心翼翼地说，"不好意思，顾教授，我还是个新手彩扩员，恐怕冲洗不好您的照片。"顾教授笑着说，"年轻人，别怕，照片虽然有许多专业的要求，但是只要多用心也难不倒你。"我还在犹豫，其他彩扩员也开始起哄，"小路，相信自己，没什么比自信更强大的了。"

其实，不管我自信还是不自信，我都被推上了彩扩机的面前。我有些忐忑，我不知道自己会冲洗出怎样的照片，我甚至开始担心月底的工资和奖金能剩多少。在冲洗照片之前，顾教授耐心地给我交待她对照片冲洗的要求，并且解释如此要求的真实原因是什么。顾教授慢慢地说，我认真地听，生怕漏掉了任何一个字。顾教授逗趣地说，"小路，别紧张，我也是由学生变成教授的，所有的成长和进步都是水到渠成的。"

坦白说，初为顾教授冲洗照片时，我紧张得额头和手心都是汗。可是，慢慢地，我进入了工作状态，也就没有那么紧张了。不管顾教授对照片有什么要求，绕来绕去还是关于彩扩的技术，只要静下心来慢慢地处理，其实也没有想象中的那么难。头几次的合作，我给顾教授冲洗的照片她都很满意，而我冲洗过程中的废片率，也低于平时废片率的平均值。我忍不住对顾教授，"听您的，真没错！"顾教授却温和地说，"相信自己，才是根本。"

往后的日子，顾教授的照片都交给我来冲洗，甚至在我休假的日子，顾教授宁愿不冲洗都要等我。而顾教授也有许多同事，对冲洗照片有较高的要求，也被顾教授介绍给了我。在工作中，困难是讨人厌的拦路虎，但是克服困难也是一种成长，让自己得以在职场迅速脱颖而出。没多久，我的工资和奖金竟然超过了元老级的彩扩员，增涨速度之快令我和其他彩扩员都很吃惊。

人在职场，总希望等来成功的那一片明媚，可是明媚有时候近在咫尺，有时候像蓝天白云般遥远，或许最终抵达有一千种方式，然而，相信自己却是必不可少的素质。

第三辑 职场航站楼：「雪藏」你的借口

让不想回家的人回家

腊月到了,朋友大坤的脸上不仅没有半点喜色,反倒堆积着越来越多的阴郁之气。原来,大坤的工厂春节是不能停产的,而厂里不管是年轻人还是年长一些的,谁都希望回去和家人团聚。

这天聚餐,我笑着跟大坤建议,"劳动法规定,春节期间给两至三倍加班工资,你就给五倍、给六倍甚至更多,相信重赏之下必有勇夫。"大坤摇摇头说,"国有国法,厂有厂规,乱了套,恐怕到时候没法收场了。"

这时,大坤的员工小鹏过来,他是特地来找老板大坤的。小鹏开门见山地说,"老板,我愿意春节留下来加班,希望您能够批准。"大坤并没立即答应,而是耐心地问,"就为高昂的加班费,你竟然连家也不愿意回?"小鹏摆摆手说,"我只是不想回家,回家过年挺没劲,再说,老爸老妈也很唠叨,让我想安心过年都难。"

小鹏离开后,我跟大坤说,"像小鹏这样不想回家的人,不就是你要找的加班的人吗?"大坤几乎想都没想就说,"我不会留下小鹏,反而希望他能回家,让不想回家的人回家,其实是一件很美好的事情。"我忍不住说,"你这不是没事找事吗?不想回家的回家了,你留下想回家的人,这不是折腾你的员工吗?"

这下,大坤反倒是认真了,"不想回家的人,对家没有归宿感,对工厂同样可能没有归宿感。回家,对于他们来说不仅是放假,更是体味家的温暖、亲人温暖的机会,或许会让他们懂得爱、懂得珍惜。反倒是那些需要加班费的人,我更能心安理得地安排他们加班,让他们失去一次团聚的机会,是为未来更多、更好的团聚。"

没几天,大坤的脸上愁云散尽,出现了难得的阳光灿烂。我知道,大坤春节的排班解决了,工厂可以平平稳稳运转,他也能过个安心的年。而更重要的是,大坤的工厂有一种向上的企业文化,或许企业文化不一定带来商机或生机,但是却能创作弥足珍贵的凝聚力,让工厂以及工厂里的每一个人,都有一种向上的美好"正能量"。

"唠叨王"走运

小史是公司业务部的一员,工作方面四平八稳,算得上无功无过。可是,他却不受同事们的喜欢,原因很简单:他太爱唠叨。说到小史的唠叨,那简直和街头巷尾的三姑六婆有得一拼。他的唠叨上至天文下至地理雅俗齐上阵,非得自己唾沫横飞别人耳朵发麻,才肯恋恋不舍地偃旗息鼓。

我们一直认为,像小史这样的人,想在公司有更大的发展,获得领导的好感,基本上是不可能的事情。小史自己也觉察到了,可是到了关键时候,自己却管不住自己的嘴巴。不过,正应了那句话"傻人有傻福",小史竟然开始走运了……

前不久,公司副总配了小车,出出进进都以车代步。可是,副总有了车,却不比没车轻松。一方面,有车后工作效率提高了,工作量的增加让副总辛苦;另一方面,当上"专职司机"的副总,少不了要疲劳驾驶,几次半路打瞌睡还差点闹出祸事。被吓着的副总不敢大意了，副总的爱人还叮嘱他，"以后开车出去，特别是跑长途，找个职员陪着，有人一路上说说话也好啊，不至于那么容易犯困。"

副总也觉得找人"提神醒脑"的主意不错，于是每次开车出门办事，都会带职员一起去。可是，大概是面对领导，随行的职员话总是多不起来，纵使开口说来说去总是那些套话。很多时候，副总还没迷糊，坐在副驾驶座上的职员却提前"晕"过去了。

后来，有人提到了小史，说他是公司名副其实的"唠叨王"，聊起来就没完没了。副总对小史也有些印象，办公室里最能聊的小伙子就是他了，副总还为当初没想到小史而遗憾不已。于是，小史坐进了副总车子的副驾驶座，成为了"御用"陪驾加陪聊。小史的"口才"派上了用场，每当副总略显疲惫时，他的话匣子便打开了。小史和别人一样，虽然话多甚至被人说唠叨，但是他聊天不说重复的话，而且花样多多什么都能聊一点。

有了小史这个"唠叨王"，副总开车精神足了，而且身边多了个话多的小史，其实是多了一粒开心果，不仅减少了疲惫，心情也变得开朗了许多。当然，讨得副总欢心的小史终于找到了发挥长处的机会，工作轻松了唠叨没人怨，更明显的是工资已经涨了一次又一次。

回头是春

小谢在一家影楼干了足足四年的摄影助理,正所谓"干一行厌一行",他也开始厌倦自己的工作,转行的想法也开始冒头。

当亲戚的科技公司需要营销人员,小谢毫不犹豫地辞职,离开影楼到了新的岗位上。由于小谢负责的是电话营销,而且都是公司的老客户,所以工作进行得很顺利。小谢也不由得开始佩服自己的选择,并发誓要好好地珍惜工作的机会。

可惜的是,小谢所在的科技公司破产了,他的好日子也宣告结束。接下来,小谢找了不少营销的职位,有科技公司,有化妆品公司,还有保险公司。工作的职位和内容不太一样,相同的却是小谢能力不足,工作表现虎头蛇尾,每每落到失业的境地。

小谢不断地换工作,但是一直都不太顺利,甚至有一段时间还拥有了长达八个月的职业"空白期"。小谢唯一没有想到的是吃回头草,重新在摄影行业打拼。

后来，由于经济窘迫，小谢选择了一家小影楼上班。很意外的是，小谢重新回归摄影行业后，竟然焕发出新的职业光芒。小谢娴熟的摄影技术和后期制作功底，让他迅速得到了影楼老板的认可，并指任小谢为影楼首席摄影师，还涨了四成的薪水。小谢忍不住感叹，原来摄影才是自己的饭碗，一回头竟然满眼春色。

其实，在职场陷入迷惘期也是挺正常的事，不断地感受不同职位也算一种体验。但是，应该抛弃"干一行厌一行"的思想，职业热情是获得成绩的最大原动力。更重要的是，不要被不吃回头草的想法牵绊自己的思想，寻找到最适合自己的行业，应该比所谓的面子或成见更重要。过去从事的行业或许一度没有成绩，但是"卷土重来"来可能会有新的收获和突破。

回头是春，拥有职业回归的勇气，职场上的灿烂春天便会格外美丽。

意外的全勤奖

在我们这间公司，员工们都期待着自己的加盟周年日。每当这个日子，经理会为不缺勤或者缺勤在三天以内的员工颁发全勤奖，全勤奖相当于两个月工资，是一笔不小的"意外之财"。不过，要拿到这笔全勤奖真的不是件容易的事。所以，几年来能领到全勤奖的员工，简直少得可怜。

春节后，公司来了新经理，经理在上任就职会说，他会继承前任经理的优良传统，也会作一些人性化的改革。我们都认为新官上任三把火，慢慢也会打回原形，和前面的经理一样严格、抠门和不讨员工喜欢。不过，新经理初来乍到，就像新婚的蜜月期一样，和我们员工打成一片，关系好得似哥们一般。

转眼，到了我的周年日，我来公司三年了。可是，我仔细看了自己一年的考勤记录，我因感冒、发烧和胃病手术请了三次假，父母的生日我又各请了一次假。几次请假超过十天，远远超过了三天的上限,于是我也不再幻想拿到全勤奖了。由于,没了全勤奖的期盼,我只当周年日是平常的一天,和其他三百六十四天没什么两样。

终于到了下班的时间,我默默告诉自己,新的三百六十五天尽量不请假,如愿拿到全勤奖。可是,我还没走出公司,经理却将我留下了,并请进他的办公室。进去后,迎接我的是经理递过来的厚厚的信封,和经理和善的话语,"祝贺你,小路,今天是你的三年工作年庆,这是属于你的全勤奖。"

我有些吃惊地说,"可是,经理,我的缺勤记录超过了十天,怎么有机会拿到这个奖励。"经理微笑着说,"全勤奖是鼓励员工全身心为公司卖力,但是当员工出现疾病或者家中有重要事情,勉强员工坚持上班并不可取。一方面不够人性化,另一方面员工也难免人在公司心在外。如果不是随意请假或者故意旷工,我是不会轻易取消大家期盼的全勤奖的。"

我和其他员工一直认为新经理不会将改革进行到底,不会给公司带来全新面貌。不过,我在这一刻看到了经理对员工的关爱,不仅仅是意外的全勤奖让我感动,而是经理不拘泥不狭隘的管理方式,让经理散发出一种迷人的人格魅力。那种人格魅力是一种莫大的力量,可以凝聚员工的人心,将公司送上更好的发展轨道。

为谁工作为谁忙

彩扩店也有淡季和旺季,淡季的时候闲得发慌,旺季的时候又忙得团团转。忙时急得团团转的是老板,老板时常会说,"店里忙的时候不多,大家要以店为家,多一点奉献精神。"其实,老板是担心完不成业务,久而久之,客户就选择"用脚投票"了。可是,奉献精神并不是说来就来的,萎靡不振的薪水让同事们提不起劲。

一天,大家在闲聊时,提到老板动员我们的奉献精神。李姐突然站出来说,"我们不过是苦哈哈的打工族,又不是衣食无愁的公务员,跟我们谈什么奉献精神。老板给多少钱我们做多少事,讲奉献、做雷锋是能填饱肚子,能买衣买鞋,还是买房子啊?"李姐的话初听雷人,细一思量,还真就是那么回事呢?后来,老板再提奉献精神时,我们便在底下偷偷笑成一片。

然而,同事小谢却总是有活抢着做,每天第一个上班的他总会最后一个走。得到了老板不止一次的称赞,月底拿薪水却没得到相应的"回报",小谢也只是乐呵呵地一笑。小谢还对我们说,"其实,我对彩扩,对摄影充满兴趣,其实我并不是纯粹为彩扩店、为老板奉献,而是为自己的兴趣、为自己的未来在努力。"同事小王却爱上了英语,他说,"我们的彩扩店处在高校之中,如果能够掌握用英语沟通的能力,这样或许能够接待更多的外国客户。更重要的是,如果接待客户的时间得到缩减,我们工作时就会更从容,也不至于手忙脚乱了。"

李姐并不认同小谢和小王的说法,还悠悠地说,"我亲爱的同事们,你们到底为谁工作为谁忙啊?"弦外之音自然是嘲笑他们的奉献精神,认为这样的奉献精神太傻太天真,同时又把自己闹得非常辛苦和疲惫。于是,在彩扩店里,得过且过的李姐和忙忙碌碌的小谢、小王,经历着截然不同的心路历程,也上演着完全不一样的故事。

后来,数码影像全面取代传统彩扩,我们的彩扩店也破产解体了,我们一帮同事顿时成了无业游民。在最后的晚餐中,李姐感叹地说,"不管你是否具有奉献精神,到最后,都只有黯然离开的份。与其没心没肺地奉献,倒不如弄明白该为谁工作为谁忙,不然一场辛苦最后只是沦为白忙一场。"

很快,小谢加盟了一间规模更大的彩扩店,在数码影像时代依旧屹立不倒;小王学习英语的过程爱上了英语培训,他和朋友合伙开了间小的培训公司;而李姐,半年后、一年后,依旧还在为求职而奔波着,一直找不到称心的工作。五年后,小谢在业界拥有了更高的知名度,还在闹市开了两间规模不小的影楼;小王的英语培训公司运转良好,他不仅买了房买了车还娶了外国妻子;而李姐,早已告别了竞争激烈的职场,因为已很难找到奉献自己的岗位,只好心甘情愿地做起了全职太太。

为谁工作为谁忙，其实是一道很简单的命题，再多的工作上的付出、再多的奔波和忙碌，最终都是为了职场中的你更强大，有更美更好的明天。

无法收回的电话

表弟成炎来城里找工作，临时寄住在我这里。要想找工作，最直接当然是关注报刊招聘版或专业人才报，然后对照招聘信息按图索骥。可是，成炎实在是超级懒人一个，连跑跑腿都不愿意。顶多遇到合适的先打个电话询问一下，稍微一点不合适，成炎就把人家公司给 pass 掉了，或者别人在电话里早早地 pass 了他。

这天，报纸上刊登了市内一家著名品牌日用品公司的招聘广告，需要业务员数名，有底薪有业务提成。我觉得挺适合成炎的，便劝他去现场看看，没准是个机会。可是，成炎再次抱起了电话，通过电波询问招聘的条件。对方对成炎的条件还算满意，让他准备求职材料和身份证复印件，参加下周一的面试。成炎有些不甘心，继续问业务员的详细待遇，公司的回复是：底薪五百，报销车费和餐费，然后有一到两成的业务提成。最难得的是哪怕业务量为零，底薪都是有保障的，这在目前的营销行业是罕见的。

可是傲气的成炎还在摇头，对着电话说，"底薪才五百，打发叫花子啊，你们还是大公司哩，拜拜您啦！"我皱起了眉头，为他的"不知好歹"而叹息。果然，成炎连续几天的电话联系或者现场面试，都没有找到待遇超过那家名公司的。

无奈之下，成炎决定还是参加日用品公司的面试，当然成炎还是有自知之明，"到了现场，我决不会说自己曾经打过那个电话。"来面试的人还真不少，毕竟这样的好机会可不是天天都有的，许多求职者都想试上一把。成炎准备充分，他的求职材料打动了主考官，个个都点头不止，胜利就在眼前。

这时，一位女职员为主考官端上了茶水，正好碰上了成炎的面试。女职员插嘴问成炎，"先生，您之前是不是打过电话来，还说我们公司的待遇是打发叫花子。"成炎自然不会承认，不过他红到耳根子的反应，还是泄露了一切。像泼出的水一样，成炎偷偷拨打的电话也收不回，他最终失去这个工作的好机会。

所以，要成功求职，不管在人前人后都别忘彬彬有礼，礼貌是必需的，哪怕是你不中意的职位，也不要随意恶语中伤。更何况谁能保证，你不会像成炎一样，山水轮流转，又要选择自己"抛弃"的机会呢？

薪水机密

"喂，伙计，你上个月拿了多少薪水"，新人冯强逮住我就问个不停。我知道，他一向对别人口袋里的钱兴趣大大，其他同事也难免成为他追问的对象。可是，老总在一次次公司例会上的话言犹在耳："不许互相打听薪水，违者扣奖金，甚至会被开除出公司。"

冯强和其他同事在"纠缠"，我也不清楚他得到了他想要的答案没有，而那些答案给他带来了什么样的心情。我暗暗发誓，如果冯强回头再问我薪水状况，我一定要守口如瓶，不能犯了老总的忌讳。我正想着这个事，冯强又过来打听我的薪水，一副不打破砂锅问到底誓不罢休。

最终，我实在拗不过他，只好如实告诉他自己的薪水状况。谁知道，冯强竟然夸张地叫出了声："哇，这么低啊，我才来一个多月，薪水都比你多啊。"这实在让我很难接受，一个新人竟然超越我这个"元老"的收入，我的心底顿时塞满了愤慨和不满。

找了个方便的时间，我敲开了总经理办公室。进去后，我开门见山地说："为什么新人冯强的薪水比我还多，我可看不出他有什么特别的成绩。"老总摇了摇头说："唉，想不到我们的小路也犯了'禁令'，将薪水情况和同事交流了。"我保持着静默，薪水的低廉让我继续保持着抗拒的情绪。老总过了一会又说："不过，你能来质问薪水的事情，很有勇气争取公平的待遇，说明你对自己的工作是问心无愧的。"老总仍然没有给我合理的解释，我面无表情地看着他。最后，老总终于笑了起来："冯强是我让他问你们薪水的，其实是对你们的一种另类的考验。恭喜你，小路，你通过了这次考验，薪水上浮两成，也希望你继续努力工作。"

我成为了唯一加薪的幸运者，不过仍然为自己泄露薪水机密而捏一把冷汗，暗暗告诉自己：下次不敢啦！

求职"情侣档"

程惠和沈园是一对恋人，如今他们正面对求职的问题。他们不仅不想分隔两地，更希望能在一个公司里上班。但是，很多公司都明文规定，男女职员不得谈恋爱，否则必须有一人离开。可以说，他们面临的是一种"痛苦的甜蜜"。

飞鸿公司的朋友说，老总对办公室恋情比较包容，而且目前正在热火招聘中。听朋友这么说，程惠和沈园顿时兴奋不已，进飞鸿就可以和朋友一起共事，更重要的是他们两个人可以朝夕相处了。

面试日，程惠和沈园兴高采烈地来到飞鸿公司。他们在等待面试，而先来的求职者早就把大厅挤爆。来面试的人实在太多，程惠和沈园拿到了非常靠后的排号，他们只能耐心地等待。一些等不及的人不停地走来走去，有的人还开始大声抱怨起来。飞鸿公司的工作人员阻止了几次，气氛才安静了一点。

程惠和沈园坐在一个角落，依偎在一起轻声说着话儿。沈园时不时还转过身来，吻一下程惠的耳根。在喧闹的气氛中，他们的甜蜜是有些特别的。工作人员从他们身边走过，也只是耸耸肩，便微笑着离开了。

程惠和沈园的面试自然是分开进行的，主考官脸上满意的眼神让他们欢欣不已。不过，最后的结果还要等待公司的面试通知。

可是，他们最后却没等到通知。托朋友去问才知道，他们在大厅甜蜜的表现，让公司不敢聘用，怕进入公司后影响到工作。不仅如此，公司老总还在会议上说，禁止办公室恋情也要提上议事日程，"灵感"来源是刚结束的面试上。

程惠和沈园听了，顿时哑口无言⋯⋯

"人造"美女

高级写字楼里的白领女，个个端庄秀丽仪态大方，真应了那句话：这年头，淑女遍地都是。

章小娴供职的公司也在高耸云天的写字楼里，她习惯从三十五楼眺望整座城市，那份惬意的感觉一直弥漫在心间。章小娴所在公司阴盛阳衰，几乎就是女人的集中营。在女人堆里想脱颖而出，实在是一件困难的事情。仿佛在经历一场艰苦卓绝的战争，只见硝烟不见胜利的果实。

章小娴姿色也不差，而且一颦一笑中有一种脱俗的古典美。但是，女人的容貌总是山外有山，何况在高级化妆品的堆砌和职业的笑容里，章小娴的优势便没那般明显了。公司很多女同事的容貌可比韩国第一大美女金喜善，脸颊仿佛没有一丝瑕疵，像艺术品一般完美无缺。很多女同事都选择了整容，整体的或局部的，在人们为人造美女议论纷纷时，这些急功近利的美女们早就开始"武装"自己了。章小娴偶尔也为自己细微的不足而自卑，但是想去美容却又提不起勇气，最终还是选择了保持自然。

办公室里，女同事除了超凡的能力，出众的姿色绝对是一张有用的通行证。可是，章小娴总是觉得自己受到的关注不够。眼球经济的时代，职场里风行眼球能力，大家的关注就是一种能力，也是一种莫大的生产力。于是，章小娴时不时被一种失落笼罩，始终找不到众星捧月的优越感。这样的失落甚至影响了她工作的进度，一度陷入了深深的郁闷中……

不过，章小娴没有自甘沉沦，而是非常高调地向大家宣布了一个秘密。原来，章小娴也是"人造"美女，小时候的她非常丑陋，后来她全身经历了多处的整形后，才有了今日的身材和容貌。第一次有人承认自己是人造美女，大家的注意力都被吸引过来。仿佛大家不是在看一个女同事，而是看一个天外来物一般。

渐渐地，大家对章小娴不再漠视，倒是越来越多地将眼神停留在她身上。甚至，有几个非常活跃的男同事开始为她争风吃醋。老总也开始将一些重要的业务交给章小娴，让她有了许多表现的机会。很快，"人造"美女章小娴的人气越来越高，她的工作能力也得到了很好的展示。可以说，一度沉寂的章小娴成功地打了个翻身仗。

后来，有亲近的女伴问章小娴关于整形的细节，喝了几杯红酒的她说，其实人造美女的故事是她编造的，她只是为了吸引大家的注意而已……

糊弄老总

愚人节一到，办公室里的同事都开始变得谨慎了起来。不过，就算"严防死守"，时不时还冒出有人被愚弄的新闻来。想想诞生于法国的愚人节还是蛮有意思的，让人们有一个取乐的机会和理由。

一个上午差不多快过完了，除了老总以外，办公室所有的人员都受到了不同程度的捉弄。"谁敢送给老总一个愚人节的'礼物'啊？"韩幸幸的提议引起了广泛的兴趣，不过依旧没人接招。老总平日总是板着脸，谁出了错少不了一顿臭骂。大家自然不会"欠扁"到主动惹祸上身的地步，于是顿时噤若寒蝉。或许是闹过了头，我竟然不知好歹地说："我要'愚'老总一把。"当我宣布这个决定的时候，为了确保我完成不可能的任务，大家一致决定请吃顿大餐为奖励。

我们刚刚热热闹闹闲聊了一通，老总掖着个公文包风尘仆仆地从外面走进来。老总向几个同事交代了一下工作后，解开西装准备

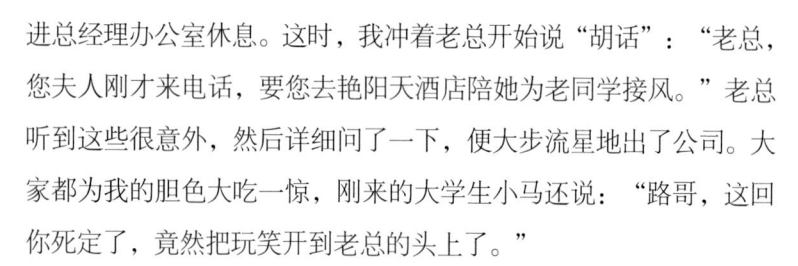

进总经理办公室休息。这时,我冲着老总开始说"胡话":"老总,您夫人刚才来电话,要您去艳阳天酒店陪她为老同学接风。"老总听到这些很意外,然后详细问了一下,便大步流星地出了公司。大家都为我的胆色大吃一惊,刚来的大学生小马还说:"路哥,这回你死定了,竟然把玩笑开到老总的头上了。"

　　一个小时后,老总回到了公司,一脸讳莫如深的凝重。大家都猜测老总这是暴风雨来临的迹象,做事都小心翼翼,生怕闯到了火山口上。老总向我招招手,示意我跟他一起进办公室。

　　这时,我才知道自己的祸惹大,不过反而有一种豁出去的悲壮。我抢先告诉老总,"那只是愚人节的节目,望老总海涵。"谁知道老总站起身拍了拍我的肩说:"小伙子,谢谢你把我带入这个年轻人的节日。其实,你在特别的日子糊弄我,我并不感到生气和愤慨。倒是公司内部一些员工,平日里欺骗我的事层出不穷,到了'法定'的骗人时刻却学会了收敛。"

　　晚上,安抚我的同事给我准备了丰盛的饭局,还有对我的一些劝诫。不过,我依旧抢着买了单,因为老总口头承诺提拔我,每月工资也会上浮五百元。

你预见明天，明天青睐你

2000年前后，我还没有脱离彩扩行业，在一间还不错的彩扩店，我是三名彩扩员之一。那时候的我们都很年轻，算得上是三个无忧无虑的男孩子，对于未来，实在没有太过明确的规划，抱着走一步算一步的想法，有那么一点得过且过的意思。

那个时候的人们，在彩扩店里购买胶卷，拍摄完毕后再送回来冲洗，这是一种习以为常的生活。为了及时地冲洗出顾客送来的胶卷，扩印出品质优良的照片来，我们每每忙得马不停蹄，甚至还会有通宵达旦的时候。每天，经过我们手里的照片数千张，有在城市的各个角落拍摄的，也有很多海外异域拍摄的，看照片就像跟着别人的镜头去旅行。我们常常会说，"真不敢想象，如果有一天，彩扩行业消失了，这些爱拍摄的人们该怎么办？"说多了，我们越发笃定彩扩业的重要性，甚至有一直干下去的念头。

可是，慢慢地，有关数码影像的讯息开始多了起来，大家对彩扩业的前途开始有各种猜测。而我的同事小谢斩钉截铁地说，"10年之后，数码影像会全面取代传统影像，胶卷会成为博物馆的老古董，人们冲洗照片的频率会少到可以忽略不计。"说完这句话，小谢遭遇我和另一个彩扩员小王的白眼，因为他的这一番胡说八道不仅是毫无根据，而且硬生生地砸了我们赖以生存的饭碗，让我们虽然不明晰但是并不遥远的未来，突然开始变得风雨飘摇起来了。

不过，我们并不相信小谢能看到10年之后的世界，更不相信一直很坚挺的彩扩行业会从此凋零。我和小王依旧每天冲洗胶卷、扩印照片，没事的时候一张报纸、一杯茶，或者随便扯个话题就能聊上半天。可是，小谢渐渐地脱离了我们的空间，我们看报纸喝茶聊天的时候，他却抱着一堆计算机教材在死啃。为了更好地学习计算机知识，小谢用三个月的薪水报了培训班，还打算用半年的薪水配一台高配置的电脑。我们能对小谢说的，就那么三个字——你疯了！

其实，在我们的思维里，数码影像或许会越来越火，但是要火到全面取代传统影像是不可能的。我们无法想象没有胶卷、没有彩扩的时代，人们的生活会是多么的乏味，多么的不自在。就像很多人说有一天报纸会消失，人们都从网上获取信息一样，网络日益发达的状况下，报纸其实并没有全面衰退，甚至有一些报纸发行量还增加了。所以，我们认为小谢的担心，以及小谢的未雨绸缪，都是那么那么的多余。

数码影像的渗透是一点一滴而来，胶卷的式微也是循序渐进的，彩扩店的生意也是慢慢凋零的。一天又一天，彩扩店的经理开始看着账本发愁，而我的工资奖金也随工作量而一再下滑。那些熟悉的老顾客来得越来越少，带着传统相机买胶卷洗照片开始落伍，数码相机被越来越多的人青睐。人们开始不再冲洗胶卷、扩印照片，而是通过一条数据线，将数码相机的照片保存在电脑里。

再往后，彩扩店的生意大不如从前，甚至有了入不敷出的迹象。和许多彩扩店一样，我们的彩扩店也只好选择关门大吉，于是到了我们仨分道扬镳的时刻。其实还不到10年的时间，小谢曾经预言的那一切几乎成为了现实，而我和小王，包括彩扩店的经理却一路懵懂，最后不得不"磕"在残酷现实的"铁板"上。经理去寻找别的经营项目了，而我们由于没有提前学习计算机知识，无法及时转入数码影像的世界，只能说彩扩业彻底说"拜拜"了。

小谢却不一样，数码影像一直在他的设想中，或者说，他一直期待着数码影像时代的到来。当大部分彩扩店倒闭的同时，一些新型的数码彩扩店异军突起，而大量技术人才的缺口，让老彩扩员小谢找到新的春天。当我们准备在别的领域艰难起步时，小谢找到一间不错的数码彩扩店，而且获得了远胜以前的福利待遇。

最近一次，和小谢相遇，才知道他早不给人打工了，而是开了两间数码彩扩店，据说生意还挺不错的。那一刻，我脱口而出的是，"你预见明天，明天便青睐了你"。小谢憨憨地笑，笑得比阳光还灿烂。

时间没有想象中的充裕

美国的年轻设计师迈克,是新奥尔良城大名鼎鼎的设计师,他曾经完成过很多漂亮的设计,在业内拥有较高的知名度和美誉度。平时,他除了完成公司交给他的种种工作,还时不时私底下接一些活来做。当朋友们劝他"悠着点"时,他微笑着回应,"我有的是时间。"话虽然是这么说,但是迈克很多时候,却并非他说的这般从容,反倒常常弄得自己手忙脚乱。幸运的是,多年以后,迈克没有耽误公司里的工作,连"私活"也都按时顺利地完成了。

半年前,迈克又接到一单设计的业务,客户来自于德国的慕尼黑。这位慕尼黑的客户不仅对品质要求很高,而且对时间的要求也是非常苛刻。在签下设计合同时,客户特别提出,"如果不能在约定的半年内完成设计,负责设计的工程师需支付10倍设计费作为赔偿。"迈克的朋友不时提醒迈克,"如果不按时完成慕尼黑客户的设计,你这几年的薪水和接'私活'的收入就全打水漂了,你可别疏忽大意了。"

遗憾的是，迈克的朋友一语成谶，迈克最后真的遇到了大麻烦。

原来，接到设计业务的迈克并非快马加鞭开始工作，在对付完公司里繁杂的本职工作后，该泡吧还是泡吧、该 K 歌还是 K 歌，甚至还预订两次短程旅行的活动。当朋友们为他着急时，他不以为然地说，"半年，一百八十多天，这时间充裕得让人发笑。你们也知道，我就是喜欢拖一拖，但是从未拖出事过。"就这样，迈克不知不觉耗了三个月，还没着手开展慕尼黑客户的设计。

或许是老板意识到迈克有干"私活"的习惯，或许是老板对迈克越发的重视，慢慢地，交给迈克的设计工作越来越多、任务越来越繁杂。如此一来，迈克不仅上班时间累得够呛，连休息时间也一再被挤占。很快，迈克发现自己的时间不够用了，承接的慕尼黑客户的设计业务，无法从容地面对和处理。尽管迈克像挤牙膏一般挤时间，可是怎奈公司业务多而且杂，要完成慕尼黑客户的设计，已然成为一个不可能的任务。

当迈克提前跟慕尼黑客户交涉时，客户淡淡地说，"我们早早地和你签了设计合同，你却要到截止时间来临之际，才跟我们说完不成设计，你岂不是在开国际玩笑？"慕尼黑客户还很不客气地说，"时间不多了，麻烦你如期完成设计，不然，你就只能按合同进行赔偿了。"奇迹没有发生，迈克最终没完成设计，向银行贷了一大笔款，才支付了违约的赔偿金。

深陷"金融危机"的迈克感慨地说，"花掉一大笔美金，我才明白，时间没有想象中的充裕"。

乐观是一桶金

18岁的下一站,不是浪漫美丽的象牙塔,而是真实带点残酷的社会。那一刻,我有一种梦碎的感觉,嘴里常常唱的是王杰的歌,"是否我真的一无所有,黑暗之中沉默地探索你的手"。

那时,我在一间台资不干胶印刷厂打工,门房是一位和蔼的退休老工人。老工人姓詹,工友们进进出出,都亲热地喊他詹师傅。一天,詹师傅对我说,"小伙子,别一天到晚愁眉苦脸的,乐观可是人生的一桶金。"我苦笑着回应,"詹师傅,我现在一无所有、两袋空空,就算再乐观也换不回一桶金,顶多就是自欺欺人的穷快活罢了。"

詹师傅语重心长地说,"小伙子,千万别这么想。不是有这么一句话吗,世界是你们的,也是我们的,但是归根结底是你们的。你拥有的并不少,你拥有年轻的面容、青春的活力、健康的体魄,你拥有跋山涉水的体能,你想去哪里就去哪里,你还可以追求甜蜜的爱情。整个世界都向你展开环抱，整个世界都在你的前方和脚下，你又怎能说自己一无所有的呢。年轻人，其实你也可以很富有，唯独缺的是一颗乐观的心。"

我知道詹师傅是懂我的，我要的不仅仅物质上的财富，更是精神上的收获，比如事业，比如爱情，比如理想。我不再唱那首老歌，我不再愁云密布，每天出门对着镜子里的自己微笑，哪怕片刻的笑意不能贯穿整整一日的时间，但是至少出门时的脚步更轻快一些，那些旧有的负担也不会显得那么沉。当詹师傅再见到我的时候，他脸上也露出了欣慰的笑容，就像看到自己的孩子病后初愈般的快乐。

其实，乐观不仅仅是个人的心态和姿态，更是具备着非同凡响的力量。比如，我以前在印刷厂，只是一个很不起眼的普通打工仔，甚至没有几个人留意到我。好几次，甚至连人力资源部的同事还问，"小伙子，你到底是不是咱们厂的员工，我怎么对你一点印象都没有。"可是，当我用微笑取代了沉默，用乐观取代了悲观，大家都开始对我印象深刻。有一次，一位有点感性的女同事就说了，"乐观是可以传染的，你让我跟着你对生活充满了信心和希望。"

于是，我彻底相信了詹师傅说的"乐观是一桶金"，当然"金"不仅仅是指看得见的财富，同时也包括那些看不见的财富。

"雪藏"你的借口

豪斯是公司新来的美国同事，由于他租了我所在小区的房子，我们有了许多同来同往的机会。我们都是城市里的有车一族，上下班常常以车代步。没多久，豪斯向我建议，"路，咱们 AA 制出车，成不？"轮流出车的好处很明显，至少可以省掉一半的油钱。于是，我欣然接纳了豪斯的建议，能省则省的感觉挺美妙。

第一天，便是我们约定好的——豪斯出车，而我坐在副驾驶座上闭目养神。由于没了驾车的负担，我一大早就摇摇晃晃睡着了，而且还睡得很香很甜呢。没想到，豪斯竟然由于路线不熟，走了好大一段冤枉路，等我们抵达公司停好车时，才发现已经迟到足足四十五分钟了。坦白说，这是几年来的第一次迟到，迟到得让我有一种憋屈的感觉、

快到办公室时，我便和豪斯私下商量，"要不，我们跟主任解释一下迟到的原因，如果经理能够理解我们就不会扣钱了。"显然，

我不愿意因为迟到而扣钱，何况还有情有可原的理由呢。可是，豪斯并没接纳我的合理化建议，而是一本正经地说，"迟到就是迟到，就像闯红灯就是闯红灯，我们错了就是错了。不该给自己找任何借口，接受处罚也是自我完善的契机。"结果，豪斯的刻板换来的是两张"罚单"，我和他月底的奖金会各少了一百元。当时，我仍然觉得豪斯太固执，没必要把一点点错误放得太大了。

虽然我依旧跟豪斯同来同往，AA制出车也依旧还在进行中，但是我却很少主动和豪斯搭话。几天后，豪斯估计是看出了我的异样，笑着说，"路，你的一百元由我承担，月底发薪我一定会补给你。"我淡淡地说，"其实，我们就算道出借口，那也不过是实话实说，又不是故意编故事骗人，何必跟自己的口袋过不去。"豪斯认真的表情又回来了，"说出借口或许真的很容易，但是却会让我们失去自省的机会。如果我们现在不'雪藏'借口，或许未来某一天，我们就会被公司'雪藏'了。"我没有彻底被豪斯说服，我也没有接受豪斯承担处罚的提议。

后来，我将这次的事情写成一篇心情文字，发在自己籍籍无名的博客上，希望时刻提醒和鞭策自己。出乎意料的是，经理竟然关注过我的博客，第一时间就获知了事情的经过。接着，经理不仅要取消对我们的处罚，还当众表扬我们"雪藏"借口的行为，"很多人本来贪睡恋床，迟到了总是爱找借口，类似肚子疼、堵车的借口百用不厌，没事也能给自己整点事出来。其实，像豪斯和小路一样，'雪藏'借口也是一种真诚和勇气，而真诚和勇气换来的理应是尊重。"

这一次，豪斯依旧固执己见，不肯接受经理的"特赦"，"经理，还是不要坏了公司的规矩为好。再说，我开车上班那么久，竟然还走错路，实在也不是应该原谅的错误。我们迟到或许没有给公司带来麻烦，但是谁又知道下一次犯错，会不会造成这样那样的影响呢。"没办法，谁叫我碰到较真的豪斯，我只好跟他一起接受本来可以免去的处罚。我知道，有一些不怀好意的同事，偷偷在背后笑疼了肚子。

没多久，否极泰来，刚刚因迟到被处罚的我们，被经理分派到两个分公司负责。用同事们的话来说，我们的运气实在是太好了，经理把最有前途、也最有钱途的机会送给了我们。坦白说，奔向分公司的路上，我脑子里装着一百个疑问，我弄不明白，为什么突然得到经理如此的器重。

后来，我得知，经理就是一个从不找借口的人，他认为适时地"雪藏"借口是一种智慧，是一种不让自己被机会"雪藏"的智慧，而这便是他最简单的成功之道。而成功坐上管理者位置的经理，便通过员工对错误表现出来的态度，来决定是不是给予他们更好未来的依据。

把你的愿景喊出来

那时候，我在一间柯达快速彩色冲洗店工作，当时的柯达中国总部设在上海。我们的店经常得到来自总部的最新行业讯息，当然还有全方位的技术指导和支持。对于我们彩扩员来说，最吸引人的当然是去总部参加培训学习，而这样的机会每两年才有一次。

第一次的培训机会落到了我头上，经理认为我人年轻、入职早并且学习热情高，是可以重点培养的对象。那是一次非常愉快、非常宝贵的学习机会，我不仅得到了技术大师的指导，而且认识了彩扩界的许多优秀同行。从上海回来后，我将培训所学用到工作中，不仅提高了我个人的工作效率和质量，更是提升了整个冲洗店的服务品质。于是，别的同事暗地里都心生艳羡，还纷纷许下愿景——希望争取下次的培训机会，好好地提升个人的综合素质。唯一让大家感到欣慰的是，培训机会只需再等两年，两年的时光说长也不长。

两年的时光说长也不长，然而就是短短的两年，便有两位彩扩员先后离开，只有大军和我非常执著地选择"留守"。可是，人算不如天算，两年后的第二次培训机会，却并没有落到我们的冲洗店。最遗憾的自然是大军，两位新来的彩扩员也叹息不已，而经理也只能遗憾地说，"两年后，第三次的培训机会我们绝不错过，请大家一定一定要相信我。"两年又两年，实在是太久远的未来，不仅是冲洗店的元老大军，就算是两位新彩扩员也不再抱希望。

时光转眼又过去了一年，去总部培训的机会再次来了。每天忙碌在彩扩店的大军一脸茫然，忙完了店里的事情就急冲冲赶回家，家里有一个嗷嗷待哺的不到一岁的女儿。很多时候，大军来到店里都是一脸的疲惫，衣襟或衣角还有牛奶的腥味。待了两年多的新彩扩员也成了老师傅，他们争先恐后地表达参加培训的意愿。经理为难地说，"你们看培训名额就一个，而且还有更老的同志没表态。"当大家把目光投向大军时，大军却只是习惯性地打着哈欠，并没有任何实质性的表态。

接下来，事情的发展出乎意料，总部竟然给我们冲洗店两个名额。而经理几乎没经过什么思索，就将名额给了表态想去参加培训的彩扩员，两个彩扩员像中了大奖般开心，只是大军脸上掠出一丝不易觉察的失落。于是，我悄悄地询问大军，"难道你不想去上海，难道你对培训一点兴趣也没有，难道你认为你已不需要提高？"大军连连摇头说，"两年又两年，其实我一直盼望这个机会，本以为这个机会非我莫属，想不到却花落别家，不知道经理怎么想的。"

后来，我找经理问究竟，经理笑着说，"把你的愿景喊出来，你不喊出来别人怎么知道？其实，大军确实是最适合去培训的，可是当机会来到他却无动于衷，我以为他对培训已失去兴趣，或者身为奶爸也抽不开身呢。同时，对于积极表达自己愿景的两位彩扩员，如果我们无视他们的呼声也太不近人情了。"知道这一切时，两个彩扩员已经前往上海了，我和大军的工作量骤增一倍，每天忙得上气不接下气。而大军时常忍不住说，"本以为稳稳落在自己手中的机会，想不到因为没有把愿景喊出来，就这样硬生生地失去了，只能苦等下一个两年了。"那是总部最后一次组织培训，大军再也没等来属于他的机会。

把你的愿景喊出来，有了机会就站出来，不管是竞争激烈的职场、商场还是人生的某一步，其实都是非常朴素的真理。

第三辑 职场航站楼：「雪藏」你的借口

学会"回头看"

彩扩店人手不够,于是在网上发布了招聘启事:招聘彩扩员,生手熟手均可。彩扩员熟手人才难求,只好在众多求职者中,寻找素质过得去的生手。说白了,店里对彩扩员生手并没有太高的要求:非色盲;热爱摄影艺术。

名校新闻系毕业的大君,在众多的求职者中脱颖而出,成为了彩扩店新的一员。显然,刚刚入职的彩扩员还无法胜任彩扩的工作,更多的不过是在店内打打杂而已。整天拖地、抹桌子或整理冲洗好的照片,大君显然不甘心如此这般蹉跎光阴,恨不得马上就上机操作,洗出一张张色彩鲜艳的照片来。

老彩扩员耐心地向大君传授彩扩技术,将彩扩中要面对的种种技术问题,事无巨细、毫无保留地一一向大君交代。可是,枯燥地传授远没有实际操作来得直接,大君要么听得无精打采昏昏欲睡,要么缠着老彩扩员说,"老大,求求你,让我实际操作试试。"被大君求烦了的老彩扩员只好向老板"告饶"，"大君我实在带不了了，您就让他提前上机得了。"

本来彩扩员人手不够，大君又一副跃跃欲试的架势，老板也就不再坚持答应了下来。大君上了彩扩的机器，就像骏马跑在一望无垠的草原，那种爽快、那种意气风发，让元老们都为之振奋。大君冲洗的那些照片顺利地交给了顾客，照片的返工率甚至还低于成熟彩扩员的平均水平。

大君开始有了小小的得意，虽然他嘴巴上没有说什么，但是"其实我也很棒"的意思，却明明白白地挂在脸上。渐渐地，大君不仅对自己信心满满的，甚至连带过自己的老彩扩员也不放在眼底。老彩扩员心胸开阔，并不和大君这样的职场新人计较，还淡淡地说，"时间，会让每个人察觉自己曾经的青涩。"

一年多过去了，大君成为了店里的顶梁柱，算得上是业内顶尖的彩扩员。老彩扩员离开了岗位，大君也开始"帮扶"一些职场新人，并且"从严"要求他们。一次偶然的机会，大君到一位朋友家做客，在朋友的相册里看到自己最初洗的照片。大君不由得摇头不止，那些当初自己认为洗得很完美的照片，现在看起来只不过是普通的水准，甚至有很大的改进空间。大君开始认同老彩扩员的"时间说"，也一本正经地对新人说，"别急着肯定自己，隔一段距离远远地看自己，你会对自己有更清晰的认识。"

隔一段距离远远地看自己，是一种从容、淡定的智慧，是一种千金不换的宝贵自省。从容、淡定之后的自省，必定会拂去人生的骄傲和自大，让未来的路不再飘在云端，能脚踏实地迈向成功的未来。

把香味留在别人的脚跟上

几年前,我曾经通过应聘,成功加入市内某知名房地产公司。我入职前,就有朋友告诉我,房地产行业藏龙卧虎,很多年轻人身怀绝技,让我别被他们"误伤"了。我想朋友的意思很简单,让初来乍到的我不要锋芒毕露,应该懂得适时的谦卑,甚至学会"低到尘埃里"。

我曾经设想过很多尴尬的入职经历,比如自我介绍时被喝倒彩,比如被安排到离洗手间最近的格子,比如被当成打杂工去做清洁阿姨的活……可是,职场的未来就像彩票号码般变幻莫测,再用心的编排都猜不对现实的剧目。

那天,我衣着光鲜、气宇轩昂地来到公司报到。走到光洁照人的走廊上,我的心情一点点地明朗起来,我想只要轻推那扇门,美好未来就一一呈现了。可是,没想到,推开办公室门后,地上有一摊色彩诡异的脏兮兮的液体,可能是咖啡和果汁的混合体,也可能是别的什么"二合一"或"三合一"。我是在结结实实摔了个跟头后,才对地上的液体开始研究的。

我刚起身,只见一个男同事拿着拖把走过来,用敷衍的语气道着歉,"都怪我杯子没端稳,将饮料洒了一地,才害你弄脏了一身行头。"我隐约听到别的同事说,"我说小徐,你杯子端的是什么哟,要不给我们介绍介绍。"在一片哄笑中,我知道自己被算计了,这是小徐为我精心准备的"见面礼"。不过,我并没有发怒的打算,我想发怒也是无济于事的。我一边用纸巾擦拭着上衣和裤子,一边面不改色,微笑着说,"您好,徐前辈,还有各位前辈老师,我是新来的职员小路,很高兴能认识大家,请多关照。"

与其说我的表现震住了大家,不如说是大家被我的淡定雷倒了。不过,更多的见面礼和入职后的责难,并没降临到我的头上。在这家房地产公司上班的几年间,我收获同事们的善意和关爱,害我栽跟头的小徐更是成为我职场上的贵人,让我在公司左右逢源、逢凶化吉,并得到迅速地成长。

安德鲁·马修斯在《宽容之心》中说过,"一只脚踩扁了紫罗兰,她却把香味留在那脚跟上,这就是宽恕。"我想正是在入职栽跟头时,用微笑取代了还击,用宽恕取代了抱怨,把"香味"留在别人的脚跟,才让我得以最终收获了事业的芬芳。

向日葵看不到太阳也会开放

那一年,我在那家冲洗店干了足足有7年,从彩扩的门外汉"升格"为首席彩扩师。和许多成熟的职场人士一样,我开始思考自己未来的发展的方向。显然,我需要更大的机会、更好的平台,来完善和充实自己的人生。

没多久,老板有了开分店的计划,准备在店内物色分店负责人。由于我出众的能力和过硬的资历,老板毫无悬念地选派我负责分店。分店设置在刚建设的大学城,只有少数几个大学的分校区"试运行",更多的校区还只是一个即将启动的工地。

稀薄的人流量导致分店生意的惨淡,很多时候,我和我的店员不过是在晒太阳、喝茶水和看报纸。要说生意有多糟,可以说,已经糟到利润不足以支付房租和工资了。可是,老板坚持认为,好的市场是守出来的,更美好的未来一定会来到。而老板对我的要求,除了坚持就是坚持,不管生意好与坏,我的待遇都不受影响。

按说，没有业绩压力应该很轻松，但是生意差到让我感觉在蹉跎岁月。有很多次，我都想放弃对分店的坚守，如果老板还一味地强留，我就选择辞职走人算了。那个时候，我认识了某大学中文系的一位女老师惠子，惠子很快成为我无话不说的朋友。得知我的烦恼后，她说了一句很有哲理的话，"向日葵看不到太阳也会开放，生活看不到希望也要坚持。"

我知道，惠子家有一盆向日葵，为了求证她说的话的真实性，我特地去观察了向日葵的生长。书本上都说，向日葵是围着太阳转的，没有太阳，向日葵也不会开放了。可是，惠子家的向日葵热烈地开放着，甚至在太阳被前面的建筑物完全遮挡时，也丝毫不会耷拉它美丽的花瓣。准确说，一天的时间里，向日葵有四五个小时"看不到太阳"也在开放。

当时，我想到了另一句话：有些事情不是看到希望才去坚持，而是坚持了才会看到希望。向日葵确实是向往着太阳的，但是"看不到太阳"也开放，只因向日葵心底装着太阳，装着看到太阳的那份希望。

后来，我再也没想过要离开大学城的分店，而是竭尽全力地经营着那间分店。后来，那间分店不仅成为大学城最早的彩扩店，也成为信誉最佳、口碑最好、生意最旺的彩扩店。

重用自己

"哇，受不了，小莉的老板破格提拔她做经理，而我却得不到上司半点重用。"表妹小洁一见到我，就迫不及待地倒出满腹的牢骚。

和往常一样，小洁希望从我这里得到安慰，跟她一起骂一骂有眼无珠的上司。可是，我脱口而出的却是，"小洁，如果上司真的没有重用你，或许是他的眼光的问题。但是，从现在开始，你可以学着重用自己，用成绩来证明自己。"显然，我的建议并没有"征服"小洁，小洁依旧因不被重用而烦恼着。

于是，我想到自己职业生涯的第二份工作——在一间快速冲洗店做彩扩员。不得不提的是，我的第一份工作是一名保安，从保安"硬着陆"到彩扩员的岗位，我显然是以生手的姿态出现的。记得，我除了能分辨操作板上的颜色键，对于庞大的彩扩设备陌生得很，更别说像别的彩扩员一样，随心所欲地操作机器。

冲洗店里，有高高在上的经理、店长、几位资深彩扩员，他们拥有的不仅是不错的资历，还都握有惹人艳羡的硕士学位。而我，就是店里最普通的一个小兵，资历、学历和能力都不及人。那个时候，我别说得到经理的重用，我甚至常常都担心，第二天去上班，老板会塞给我一封解雇信。

后来，我每天都全力以赴地工作，是自己的活儿努力把它干好，不是自己的活儿能做也一定做。渐渐地，我成为店里最忙碌的人，常常像陀螺般想停也停不下来。其实，我并没什么抱怨，反倒是找到了工作的动力，每天都过得很有意义。而经理也在例会上说，"别人是一分钱掰成两半花，而小路把自己一个人当两个人使。"

接着，经理说了那句我至今都铭记的话，"三顾茅庐的故事的确很精彩，但是并不是每匹千里马，都能及时地遇到伯乐。在职场，与其总是等上司认可你、重用你，倒不如自己有意识地重用自己。重用自己，或许比别人更辛苦，付出的也会更多，但是一分耕耘一分收获，重用自己的人最终总会被重用。"

不用我继续细说，小洁也明白我后来的职业轨迹：我从生手成长为熟练彩扩员，后来还成为店里的金牌彩扩员，当店里预备开第三间分店时，我成了店长的唯一人选……

很快，小洁陷入了短暂的沉思中，情绪也明显舒缓了一些，我想她应该是想通了。

职场微目标

陈总是我在公司最敬佩的人，并不是因为他是公司"一把手"，而是他身上散发着的成功的魅力，深深地吸引住了年轻的我。

二十年前，陈总跟现在的我一样，只是公司普普通通的业务员。二十年后，陈总却成为了公司的掌舵者，这简直是一个奇迹般的励志故事。一天，我跟陈总聊天，"二十年前，您刚刚入职公司，跟我一样也处在试用期，你当时的目标是什么？我想应该是迅速走上管理岗位，或者成为总经理吧？"陈总笑着说，"当时的我并没有那么远大的梦想，我当时的目标就是顺利度过试用期。如果真的要说，当时有什么长远的目标，那就是希望一年后，能够拥有中等水平的业绩。"

听完陈总的回答，我怔了好半天，没接上话。倒是陈总先开了口，"你是不是认为我胸无大志，而胸无大志的人又怎么能获得成功？其实，身在职场，大目标虽然美好，但是太过遥远，有如海市蜃楼。倒是微目标看得见，伸伸手就摸得着，因为实现起来难度不大，奋斗的热情反而更高涨。"陈总的话像一道阳光，透过心窗射进我的心房，让尚在试用期的我充满了力量。

我也暗暗给自己定了微目标，我承认自己或许没有陈总优秀，但是千里之行始于足下，我相信自己也能获得不错的职场成绩单。

第三辑　职场航站楼：「雪藏」你的借口

"光头帝"应聘

小区外有一家发屋,老板是个中年男人,技术好声名远播。老板手下精兵强将多,那些来拜师的学徒只有打杂的份儿。当然,这也并不奇怪,哪位顾客愿意将自己的头交给生手呢?

这天,我为准备面试来到发屋打理自己的头发。在等待理发的时候,我对陪我理发的女友说:"唉,没有相关工作经验,那家公司会录用我吗?"这时,在一边扫地的理发工插嘴,"生手就是命苦啊,难有出头之日。"女友拽着我的胳膊说:"今天你选个生手来理发,正好体验一下招聘方的心情吧?"

于是,刚才插嘴的理发工有了表现的机会。看着他跃跃欲试的兴奋表情,我几乎可以断定这是他第一次"上岗"。生手就是生手,少了理发师那种熟练而精湛的技艺,而且剪刀和推子是艰难前进的,道道伤痕虽然并不能清晰可见,但头顶、脸庞和脖子上留下火辣辣的痛楚。不过,心底对生手的同病相怜,让我备受折磨仍然收敛着自己的不满。

终于,理发工拍拍我的肩膀,示意大功告成时,我在镜子里看到一个发型怪异的自己。虽然我并不是一个排斥时尚的人,依旧没有勇气就这样出发屋的门。最后,还是在发屋老板的改造下,我才得以"光头帝"的形象示人。发屋老板不停地赔着小心,还免去了我理发的费用。

接着,我就去了面试的公司。虽然现场密密麻麻挤满了两百多人,我这个"光头帝"却是那么显眼。主考官见到我问:"小伙子,你的光头应该是刚剃的吧,为什么要这样做?"没想到自己的光头引起了主考官的注意,我就把理发的过程原原本本地说了出来。

主考官沉默了许久,显然是在思索着些什么。最后,主考官对我说:"其实,本次招聘,公司无意招聘没经验的员工,不过我们愿意为'光头帝'破格一次。"

走出公司,在阳光下,生手理发工留下的伤口隐隐作痛,不过有了工作的我却乐得哼起了歌儿。

开车面试不被拒

前不久,老总邀请我和他一起主持业务员面试,第一次以面试官的身份出现,这让我不由得既好奇又紧张。

前前后后来了几十位求职者,都没在我心底留下太深的印象。我不由得暗自感叹,"现在的年轻人有个性的太少了,主持面试可真不是省心的活。"还不等我继续思考,一位穿着很潮的年轻人进来了,一进来就问:"车停到公司大厦前的空地上,交警不会开罚单吧?"

开着私家车来应聘业务员,这个年轻人真够有个性的。我一边告诉他不必为罚单担忧,一边在想业务员底薪低、工作辛苦,有车的年轻潮人恐怕是干不了的。接着,老总开了口,"年轻人,请问是你的车谁给买的,你不会是个啃老族吧?"年轻人的表情有一点囧,看来不仅他的车是父母买的,同时也正处在啃老进行时。

不过,年轻人并没知难而退,而是镇定地说:"车和很潮的衣服一样，是年轻人必需的装备。或许配备小车是父母对我的娇惯，但我把这当作走向社会的资本，就像父母供我念大学取得的大学文凭，只是希望我未来走得更稳、更好。"不看不知道，一看吓一跳，年轻人把文凭掏出来，竟然是名校的毕业生。

老总的语气缓和了一些："可是，年轻人，你要知道业务员底薪低，如果没有非常好的业绩，你或许连养车的钱都赚不回来，难道你要继续啃老吗？"年轻人笑着说："养车的费用确实是一种负担，宅起来啃老更是一种莫大的压力，但是负担和压力也会变成勇气和动力。您应该看过开着小车摆地摊的新闻吧，我就是那个群体中的一员。自从大四买车后，我通过开着车摆地摊，不仅赚回了养车的钱，连生活费都很少向父母伸手了。"

本来，我并不看好这个年轻人，没想到他不仅没被不高的底薪和老总的质疑吓倒，反而从容地让老总和我心悦诚服地接纳了他。事后，老总非常笃定地跟我说："这是一个人才，将来绝对会有卓越的表现。"我笑着说："其实，我也是这么想的，人才绝对不会被埋没。"

以前，我也听说过开车面试被拒的故事，这个年轻人显然没有延续失败的案例。年轻人的成功貌似在于他雄辩的口才，其实不然，机会只眷顾有准备的人。面试前的历练为成功奠定了基础，年轻人才得以打破摆在面前的障碍，成为笑到最后的幸运儿。

双面娇娃

有人会说,招聘会上的主考官会以貌取人。我不否认这一点,不说多的,作为男性主考官,对美女肯定会另眼相看。不过,我并不认为美女通吃,回归职场,让自己立于不败之地的,永远是自己的能力和个人魅力。

那天,我和人力资源部的老王、大张一起为公司招聘几名文员。看了一上午,我们都没选中合格的人。吃午饭时,大家都有些垂头丧气,甚至预言今天将无功而返。可是,等我们吃完午饭,招聘顿时出现峰回路转的局面。

还没等疲惫而失望的我们进入"午睡时间",突然一阵暗香袭来。我们齐齐抬头,才发现一个漂亮得称得上让人惊艳的女孩出现在我们展台前。女孩的到来,让我们仨顿时提起了精神,兴致勃勃地开始招聘的工作。

当然面对美女,我们并没大开绿灯,而是照常进行考核。女孩也没以美女自居,虚心地听我说话,然后有条不紊地作答。给我们印象最深的是,女孩非常有礼貌,完全没有美女特有的傲慢和自以为是。结果可想而知,我和老王、大张不约而同地点了头,女孩成为了我们招聘一天唯一的胜出者。我忍不住说,"这个美女真幸运!"大张却不以为然,"能挑到这样有能力的美颜娇娃,是我们公司的幸运才对。"

收拾完展台,我们赶往公共汽车,准备向老总汇报今天的招聘情况,并请示是否还要继续招聘一天。远远地,我们看见女孩也在候车,像一道怡人的风景。可是,当我们走近时,却发现女孩和一位衣衫褴褛的老奶奶在吵架。若不是亲耳听到,实在让人难以相信,这样的美女会出口成脏,还对老奶奶动手动脚。我们上前,才解救了倒霉的老奶奶,并了解到老奶奶只不过轻轻撞了女孩一下而已。

老王说话了,"想不到是双面娇娃,面试时一套,面试后一套,我们差点选错了人。"得知自己失去了工作的机会,女孩顿时脸色大变,想向我们解释却又开不了口。

职场就是这样,或许刻意的掩饰会赢得一时的机会。但是在时间的考验下,真实的一面总会"大白于天下"的,而曾经侥幸得到的机会必将随风而逝。

随手关机

试用期过去了一段时间，公司新招来的几个年轻人，天天在面前晃来晃去，我们人事部却没决定最终的去留。坦白说，这几个年轻人学历和能力都差不多，工作热情和效率也旗鼓相当。

"我们到底该怎么选择留下的人呢？"我有些发愁地问人事部的其他同事。这时，同事小李说话了，"咱们的黄老板最吝啬了，A4纸用完正面用反面，选个和老板性格相近的，你们看怎么样？""老板那不是吝啬，那是节约，好不好？而且，这还是老板从乡下穷小孩，成长为市里名列前茅企业家的秘诀呢"，同事张姐一边为老板"平反"，一边又说，"试用人员谁最能为公司节约，咱们就把留下的机会给谁，这个建议倒是没有错的。"

要说这90后的职场新人，其他的方面都挺让人满意，节约却是一道不小的"门槛"。在办公室里，这些职场新人经常浪费打印纸，用完笔芯的圆珠笔从不换芯，午餐的时候又总是吃少剩多。我不由地说,"要想让这些年轻人节约,恐怕太阳要打西边出来了。"张姐却说,"大路,你也不要太武断,再观察看看。"

后来,我开始刻意留心这些年轻人,看他们到底有没有节约的习惯。坦白说,最初我还真没什么发现,节约仿佛离这些年轻人很远。可是,当我细心观察,还是发现了一个另类——新人小林。很多时候,小林离开办公室,比如吃午饭,比如外出办事,比如接一个较长的电话,他都会随手把自己的电脑关掉。

一次,我就问他了,"林帅哥,你的电脑里是不是藏着秘密,咋一转身就把电脑给关掉了。"小林笑着说,"我能有什么秘密,就像随手关灯一样,我随手关机是为节能,为公司省一点电费,也是我的义务啊。"听小林这么一说,我开始有点钦佩这个小伙子,在公司,能做到随手关机的人,恐怕还真难找出第二个。

试用期结束后,小林成为唯一的留用者,这是人事部共同的决定。而后来,我们还得知,其实老板也爱随手关机。显然,这一回,我们还真是选对了人……

不可复制的愚人节玩笑

愚人节的前两天,同事小东找我喝酒。有几分醉意后,小东说,"路哥,你去年太逗了,愚人节冒充老总贴了个'放假'的通知,同事们无缘无故多了一天假,当时真是乐翻了天,而事后,老总竟然也没有责怪你。"说完,小东就自顾自地哈哈大笑,接着还说,"今年,我一定要向路哥学习。"我本来想说点什么,小东买完单,摇摇晃晃地走远了。

愚人节的前一天,我被老总安排到外地出差,为期三天。离开时,我笑着说,"看来我去年玩过头了,老总连愚人节都不让在本地过,而是把我差得远远的。"小东却拍拍我的肩膀说,"路哥,你想太多了,还是安心启程吧。"踏上列车的那一刻,我还在想:今年的愚人节,同事们又会制造什么样的"骗局",又会有谁"不幸"中招呢?

愚人节,我独自在外地奔波,是一个平淡而乏味的愚人节,是没有任何故事发生的愚人节。想起和小东喝的那一顿酒,我越发怀念去年的愚人节，怀念去年笑痛了肚子的同事，怀念无计可施的老总……

愚人节的第三天，结束出差之旅的我回到公司，准备向老总汇报出差的工作情况。没想到，我刚走进公司的大门，就发现里面乱成了一锅汤：老总的脸拉得像马脸那么长，小东像犯了错的孩子低着头搓着手不停跺脚，其他的同事也紧张得大气不敢出。而老总的电话不断响起，接通电话后，"马脸"立刻变成生硬的笑脸，赔礼道歉的话忙不迭地往外吐。

很快，我就闹明白发生什么事：小东今年也给大家"放"了"假"，同事们明知有诈，还是乐呵呵地偷了一天闲，甚至连手机都统统关了机。和去年不同的是，小东并没被老总原谅，反倒是让老总大发雷霆。原来，今年的愚人节前后，整个公司都在赶一单业务，跟时间赛跑的紧急关头，一天的"空城计"就方寸大乱，用老总的话来说，"刘小东，公司遭遇的损失，用你十年的薪水来还都不够。"

老总气归气，并没对小东发"逐客令"，只是减一级薪水和留公司查看，声称若再次损害公司利益，只走卷铺盖走人一条路。老总离开后，小东委屈地说，"同样是愚人节的玩笑，我和你的差距怎么就如此大呢？"我认真地说，"愚人节的玩笑应该是不伤大雅的，不应该造成巨大的破坏性。去年，同事们闲得要命，上班跟没上班差不多，愚人节的玩笑正好可以调节一下气氛，今年怎么能跟去年比？"

扣错的纽扣

彼时,我在一间彩扩店供职,是一名普普通通的彩扩员。那是数码影像还没普及的时代,人们不得不去配备机械或傻瓜相机,并去彩扩店购买价钱十几、二十块的胶卷,才能完成一次拍摄。

从一枚枚铁皮胶卷,最终变成长长的底片,最后变成五颜六色的照片,需要彩扩员十分的专注。很多时候,一不留神的疏失,常常会带来意想不到的损失,甚至还会有难以弥补的遗憾。

彩扩的第一个流程是冲洗胶卷,如果胶卷冲洗失败,出来的是不合格的底片,纵使有天大的本事,也难洗出上乘的照片了。本来,冲洗胶卷几乎全程都是冲洗机完成的,但是必须等到冲洗机中的冲洗液达到一定的温度,彩扩员才能将"烫"过"头"的胶卷送进去。如果温度不足便会造成显影的不足,如果没有"烫"过"头",胶卷就无法顺利地从走到出口。当时的老板常常说,"纽扣第一颗就扣错了,可你扣到最后一颗才发现。有些事一开始就是错的,可只有到最后才不得不承认。但是，冲洗却不同于扣错的纽扣，扣错的纽扣可以重新扣一次，冲坏的胶卷却无法补救。"然而。就算是老板千叮万嘱，我还是冲坏过不少胶卷——有顾客去新马泰旅游的影像、有高校摄协学生的得意作品甚至还有老板孩子的周岁留念。

彩扩的第二个流程是扩印，扩印上的错误没有冲洗严重，顶多就是浪费一些相纸和时间，还有重新来过的机会。或许正是严重性的稍逊，扩印上犯的错要比冲洗多得多。由于顾客形形色色，对于照片冲洗的要求各异，这对于彩扩员的要求就更高了，倘若是一律依经验办事，或者将顾客的要求张冠李戴，常常就会冲洗出顾客不满意的照片。我就常常洗出一堆废片来，顾客摆摆手不肯接受，老板心疼浪费的相纸，而我也被巨大的挫败感包围。罚款或许不是最好的办法，但是确实最惯常、最见效的办法，老板不能免俗地选择以罚代管。曾经有一个月，我几乎被罚光了工资和奖金，甚至连吃盒饭的钱都是找同事借的，可以说真是悲催得很。坦白说，我对老板有一点点怨恨，但是又恨自己马虎的性格。不过，再冲洗或扩印时，一种紧张的情绪便油然而生，我会细致地查看设备的温度，认真地查看顾客的要求，踏实地进行每一个步骤。

职场也好，人生也罢，就像我们会扣错纽扣，并且会一错到底。或许没有重新来过的机会，或许能带着遗憾和痛重新再来。但是，我们应该心怀的是一份专注的态度，那么扣错纽扣的机率就会小很多，一错到底的"事故"不再频繁上演，我们离成功的距离也会更近了。

不懂就问是职场捷径

那一年,谭叶青还是印刷业的新人,没有任何的工作经验,更不要说和印刷有关的技术。等谭叶青进了那间规模不小的印刷公司,他忍不住倒吸一口凉气:原来,他是公司唯一的高中学历的职员,其他大多是专科甚至本科学历拥有者。

老板要求谭叶青尽快熟悉印刷流程,如果三个月后还不能上机操作,那么就只能领试用期薪水走人。可是,老板并没为新人组织培训,而是让新人们不懂就问。"不懂就问,当然是学习、解惑的好办法",谭叶青跟朋友说,"可是,那些优秀的同事会教我吗?同事不就是竞争对手,竞争对手会帮助我成长吗?"

最初,谭叶青都不好意思开口请教,总是杵在一边傻傻地看。可是,同事们干得游刃有余,谭叶青愣是没看出一点道道,面对印刷机器总是束手无策。后来,想到自己的试用期快结束了,如果再不抓紧学习就保不住这份饭碗了。于是,谭叶青很谦虚地向同事们请教,还请同事们去夜宵摊吃东西。

原来,那些同事并不像谭叶青想象中的难以相处,他们非常热情、耐心地教谭叶青操作机器,恨不得把毕生所学都拿出来分享。其中有同事还开玩笑说,"我们巴不得新人来学习,新人学会了,我们的工作负担就轻一些。另外,教新人本来就是我们的职责,你们试用期学不会技术被炒,老板同样也会迁怒于我们。"

有人指导,谭叶青确实学得很快,试用期才两个月就能独立上机了,试用期后就获得了长期合同,并被老板委以重任。后来,谭叶青还把不懂就问当做自己的职场信条,举凡遇到职场上突如其来的难题,当靠自己的智慧难以解决时,他就会非常谦虚诚恳地向同事请教。

有一次,谭叶青在工作中遇到了个难题,而这刚好是新人小智最得心应手的。小智是公司的新人,个人能力出众、进步非常快,但是有点傲气。没想到,谭叶青想都没想,就非常谦逊地跟小智请教,同事们都说谭叶青找错了人,没准碰一鼻子灰回来。可是,事实并非如此,傲气的小智也没想到"元老"谭叶青会不耻下问,非常友善地解答了谭叶青的疑惑。

多年以后,谭叶青已经成为这家印刷公司的副总,这对于学历最低、从业时间短的他来说是个奇迹。很多公司的新人问谭叶青说,"谭总,您获得今时今日成绩最大的秘诀是什么?"谭叶青回答说,"不懂就问,多向同事请教,才是解惑最好的办法。如果一味地埋头摸索,不仅会降低工作效率,没准还会因拖延影响集体,惹得老板和同事都不高兴。"

英国"骑士派"诗人罗·赫里克说过,"我们要想办成事,就得丢开心底的胆怯,谁若是畏于启口请教,谁就得不到有效的指教。"日本松下电器创始人松下幸之助也说过,"能虚心去请教他人,才能集思广益，最终达成宏伟的目标。"

　　三人行必有我师，我们在职场不是全能战士，要向同事们多请教，才能有所成长和提高。

机会是有期限的

在市内那家鼎鼎有名的公司，我坐到了市场部主任的位置，用朋友们的话来说，"小路，你算是名利双收了。"可是，我并不认可朋友们的话，我想去看看外面的世界，我认定外面的世界精彩多过无奈。

当得知我去意已决，女副总显然有些舍不得，交谈中，甚至泛红了眼角。当我们谈得差不多了，女副总很认真地说，"小路，你在公司里干得很好，高层对你的印象也不错。如果有一天，你愿意回到公司，公司的大门依旧为你而开，市场部主任的位置依旧是你的。"那一刻，我心底暖暖的，而女副总又加一句，"不过，咱们丑话说到前面，我们的承诺是有期限的，我给你半年的时间。"

我像一只被困在笼子里的鸟儿，一旦自由了，恨不得飞遍整个天空。求职的路虽然不至于一片黑暗，但是想找到相当的职位和待遇，或者加盟规模差不多的公司，说实话，真的有不小的难度。而向我伸出橄榄枝的公司，不仅公司的规模小很多，职位和待遇也很难让我满意。于是，我一时间陷入了高不成低不就的尴尬之中。很多时候，我甚至开始懊悔，自己不该贸然辞职，不然也不至于为求职四处奔波。

不过，我很快找到了安慰自己的方法，好职位是慢慢求出来的，不必在意一时一刻的得失。而且，女副总的承诺无疑给我一条后路，半年的时间还长着呢。当偶遇旧同事时，他们也告诉我，"小路，你的办公室还空着，女副总说为你而留。"我有一种立即回公司的冲动，但是最终强大的理智战胜了感情，我依旧选择在才市多看看。

慢慢地，我发现本地的机会不多，于是把眼光投向外地。或许在别的人看来，在哪里工作都是工作，然而对于我来说，上有老、小有小，去外地自然有诸多不便。最终，在外地奔走了两三个月，甚至在一些公司正式试用后，我还是没有留下来的勇气。我告诉自己，我的未来还在自己熟悉的城市，实在找不到满意的工作，不妨试着降低自己的期望值。

遗憾的是，降低期望值是一件很难的事情，那些不中意的工作让我浑身不自在。思来想去，我不想委屈自己，毕竟毅然决然辞职，其实是希望找到上升的空间。爱人跟我说，"亲爱的，好马也吃回头草，你不妨回原来的公司，或许那里才是真正适合你的地方。"仿佛黑夜里点亮了一盏灯，我想到了女副总对我的承诺，我开始想念市场部主任的职位，还有那一间明窗净几的办公室。

可是，当回心转意的我回到原来的公司，才发现自己原来的办公室有了新的主人。当女副总看到失落的我，只是淡淡地说，"抱歉，小路，今天是你离开后的6个月零6天，而新的市场部主任是6天前聘用的。"

机会是上天对我们的眷顾，然而机会也是有期限的，当我们不经意地越过了它的期限，才会发现适时的珍惜是多么的重要。

笑不到最后的"机会主义"

一年前,表妹王颖入职一家保险公司,她可是满怀壮志豪情的。和她同期入职的,还有一个瘦瘦小小的男生宇,整天都嘻嘻哈哈、吊儿郎当的模样。王颖跟自己说,我是公司绝对的新人,我不跟别的同事比来比去,怎么也要比宇强那么一点。

没想到,接近一个月的时间,王颖才签了一个小单,而宇就签下了三个大单。宇高兴得眉飞色舞,而王颖却百思不得其解,就凭宇那个工作态度,不爱出门推销连电话都打得少,可业绩竟然远远超过自己。王颖一度陷入了迷茫,"通往成功的路难道不对我开放?难道我不能成为笑到最后的人?"

后来,王颖谦虚地向宇请教,"宇哥,你这么厉害,到底是怎么做到的?"宇笑个不停地说,"我这个人天生运气好,常常会被天上掉下来的馅饼砸到。你看我入职就一个月吧,可是好运却接二连三地砸到我。"原来,宇的几个客户都是阴差阳错拿到的:第一单陈总一直在考虑，之前和他接洽的同事离职了，而宇不早不晚接了手，而陈总已考虑成熟了；第二单小陈是宇的大学同窗，老同窗好多年没见，旧叙完了订单就尘埃落定了；第三单是个广东豪客，买保险跟买小白菜一样爽快，钻进公司逮住宇就下单了。

真是不问不知道，一问吓一跳。王颖郁闷坏了，"没想到，这个世界有一种人，竟然总是比别人幸运。"周末，心事重重的王颖来到了我们家，而我的父亲正在阳台浇花。王颖开门见山地说，"舅舅，运气好的人真能笑到最后吗，仅仅凭运气就能笑傲职场吗？"父亲淡淡地说，"我活了六十多岁，从没见过运气一直都好的人，人生需要脚踏实地地努力，才能看到风雨后美丽的彩虹。'机会主义'或许能赢得几次的胜利，但是想一直笑甚至笑到最后，这无疑是不求进取者的异想天开。"

没几天，王颖就打来电话，"舅舅，你真是神算子，第二个月，我的同事宇没拿到保险单就被老板炒了鱿鱼，而我只是拿到了小小一单，却能稳坐钓鱼台。"父亲笑着说，"宇是凭好运气拿到了订单，但是拿订单不能一直靠运气。我相信任何一个老板，不可能去衡量员工的运气，更看重的是员工的责任心和勤奋度，如果责任心不强、不够勤奋，老板自然不会手下留情。""舅舅，你简直可以当我们的老板，关于解雇宇，老板说的话和您如出一辙"，王颖忍不住兴奋地说。

其实，不管是职场、商场还是战场，每个人都希望成为笑到最后的那一个。可是，没有任何一个人仅仅是因为运气的眷顾，就可以轻轻松松攀上顶峰或者捧得桂冠。不做机会主义者，脚踏实地地走每一步、过每一天，就可以让成功实实在在地降临，让我们畅快地笑到最后。

第四辑

成功刻录机：逐梦永远不迟

辜负之后，别再辜负

"未哭过长夜的人，不足以语人生。"留下这句哲理箴言的是托马斯·卡莱尔，他是19世纪苏格兰评论家、讽刺作家、历史学家，代表作有《法国革命》《论英雄、英雄崇拜和历史上的英雄业绩》《过去与现在》。他的作品在维多利亚时代甚具影响力，到了21世纪的今日，人们依旧习惯称他"文坛怪杰"。

托马斯·卡莱尔有一个众所周知的爱情故事，不过他最终扮演了"辜负者"的角色：家境不错的简·威尔斯是个聪明又迷人的姑娘，由于倾慕托马斯·卡莱尔的才华，她放弃很多待遇不错的工作，选择做托马斯·卡莱尔的秘书，日日夜夜陪在他的身边。托马斯·卡莱尔被简·威尔斯打动，两人结婚，成为了一对幸福的小夫妻。婚后，简·威尔斯并没有"退居二线"，而是继续做托马斯·卡莱尔的秘书。后来，简·威尔斯不幸染病，全身心投入写作的托马斯·卡莱尔太粗心，没有及时劝阻操劳的简·威尔斯。

甚至简·威尔斯病倒，托马斯·卡莱尔也依旧以自己的写作为先，很少抽时间去陪伴病妻。

简·威尔斯去世后，托马斯·卡莱尔悲痛万分。一天，他来到简·威尔斯的房间，坐在她床边的椅子上，看到床头柜上放着简·威尔斯的一本日记，便顺手拿起来看。看了一些后，他震惊了，他看到她这样写道："昨天他陪了我一个小时，我感受到天堂般的幸福，我真希望他总这样。"

他意识到自己忽略了很多。一直以来他都把精力投入到工作中，对妻子那么需要自己竟全然不知。然后，几句令他心碎的话映入眼帘："我一整天都在倾听，期望大厅里能传来他的脚步声，但是现在已经很晚了，我想今天他不会来了。"

托马斯·卡莱尔又读了一会儿，然后放下日记本，冲出了房间。朋友在墓地找到他时，他满脸泥浆，眼睛哭得红肿，泪水不停地从脸庞滑落。他反复念叨着："假如当初我知道就好了，假如当初我知道就好了……"但为时已晚，托马斯·卡莱尔深爱着的简·威尔斯永远离他而去，他陷入了辜负爱妻的懊恼中。

爱妻的离去让托马斯·卡莱尔备受打击，这也是意料中的事情。但是，让人震惊的是，托马斯·卡莱尔几乎彻底放弃了创作，再也没有任何新的作品问世。"文坛怪杰"的"提前退场"，着实让读者遗憾，用时下流行的话来说，这实实在在地伤了广大粉丝的心。

小杰克就是广大粉丝中平平常常的一个，他为托马斯·卡莱尔深邃的思想和风趣的文笔所吸引。每当有托马斯·卡莱尔的新著问世，他总是第一时间去书店购买。托马斯·卡莱尔在各地的演讲，小杰克也会贴身跟随，不愿意错过任何一次心灵洗礼的契机。可是，痛失爱妻的托马斯·卡莱尔让小杰克的崇拜难以为继，封笔的托马斯·卡莱尔切断了他和粉丝之间的联系。

不过，小杰克并不甘心在"故纸堆"里和托马斯·卡莱尔亲近，他想用自己的努力改变消沉的"文坛怪杰"。于是，小杰克开始用书信的方式和托马斯·卡莱尔联系，还会引用托马斯·卡莱尔著作中一些有趣的段落，字里行间都是对偶像的安慰和鼓励。小杰克并没等来托马斯·卡莱尔的任何回复，他不知道是托马斯·卡莱尔没看自己的信，还是根本听不进自己的规劝。

小杰克并不灰心，他还亲自去托马斯·卡莱尔居住地去探望偶像。那是托马斯·卡莱尔N+1次去简·威尔斯墓地，返回后依旧带着无法排解的忧伤。托马斯·卡莱尔对小杰克精心准备的礼物视而不见，小杰克随后的一堆温暖的、鼓励的话，也没让托马斯·卡莱尔抬下眼皮。那一种受伤的感觉，就像病中的简·威尔斯，在无望的渴求中，热情渐渐地凋零了。

托马斯·卡莱尔在辜负爱妻后，又辜负了钟爱自己的粉丝，小杰克从此淡出了托马斯·卡莱尔的生活。或许托马斯·卡莱尔自己都不知道，辜负成了他人生尴尬的一道标签，从而也让本应缤纷而厚重的人生，很不幸地有了抹不去的遗憾和伤痛。

其实，与其"哭过长夜"再"语人生"，倒不如该珍惜的时候珍惜，绝对不要轻易辜负不该辜负的人。那么，在自己的人生更美满的同时，也会让被珍惜的人获得幸福。

理科班的才子

踏入高中校门之前,兴海已经是名声在外的校园诗人、校园作家,那些青少年热衷的各类中学生报刊上,都留下了兴海的名字和兴海的作品。那个时候,兴海除了课余写写画画,最大的心愿是做一个文科生,然后考进像北京大学或武汉大学那样的名校,未来就算不能做一个大名鼎鼎的作家,也可以做一个有内涵、有魅力的学者。

高一下半学期,学校的文理科分班轰轰烈烈地开启了,抱着进入文科班心愿的兴海被编入了理科班,而编入理科班的理由其实很简单:当时,兴海的理科科目成绩略略优于文科成绩,而全年级唯一的文科班已然爆满了。兴海去找老师求援,找校长申诉,甚至还打算让父亲动用关系扭转乾坤,可是父亲说,"如果不能改变,何不学着容忍,学着在容忍中改善,在容忍中升华"。父亲说的一番话,彻底浇灭了兴海心底的希望,从此文科班没有兴海这个同学,而理科班里却多了一个爱舞文弄墨的才子。

显然，兴海并不准备自暴自弃或得过且过。理科班的枯燥虽然不及文科班的浪漫，但是兴海依旧决定认真对待错综复杂的电路图和长长的元素周期表。兴海告诉自己，我的青春我做主，如果卷面上的成绩太难看，岂不是让我的青春失色。于是，在他并不向往的理科班，他渐渐把精力从兴趣转到课堂上，认真地听每一堂课，做每一道题。每天的早自习，兴海是第一个进教室的学生，每天的晚自习，他又是最后离开的那一个。后来，理科成绩很平常的兴海，经过一番近乎"头悬梁锥刺股"的拼搏后，成为了理科班名列前茅的学生，甚至老师也不止一次号召同学们向他学习。

其实，文科和理科并不是那么泾渭分明的，作文好的才子也能学好数理化。渐渐地，兴海还成为学校选派参加各种竞赛的人选，并且在各种竞赛中都获得不错的名次。

在本来不愿意进入的理科班，兴海的成绩越来越好，甚至爱上了他害怕的数理化，爱上了电路图和元素周期表，爱上了严肃的物理老师和唠叨的化学老师。当然，兴海并没有放弃文学创作，他总会在做完功课时，写一首诗或者一篇心情散文，并且还在暗暗构思一部校园题材的长篇小说，随着时间的推移，兴海的诗歌或散文不断发表，而他的那部小说也在不停地推进。

当初有人说，兴海进入理科班是一个错误，有人还说，学校简直就是瞎了眼，让一个作家的苗子"栽"进了数理化的"坑"里。关于这些流言，兴海总是不置可否地笑笑，仿佛这一切与自己毫不相干似的。在校园里，兴海该上课就认认真真上课，该写作就忘我地码着每一个字。本来紧张不已的校园生活，却被兴海打理得井井有条，理科生的忙忙碌碌和创作的安静从容，得到了非常完美的组合和互动。

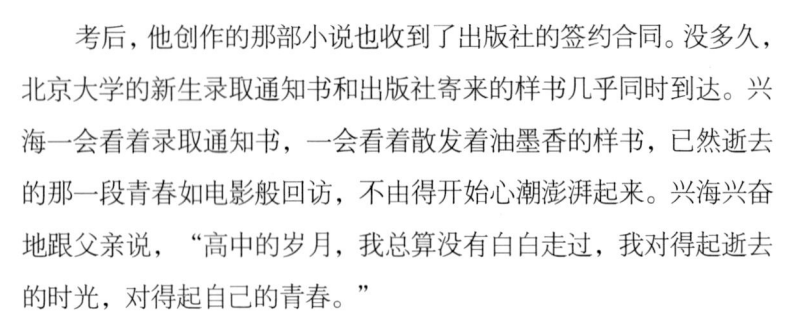

考后，他创作的那部小说也收到了出版社的签约合同。没多久，北京大学的新生录取通知书和出版社寄来的样书几乎同时到达。兴海一会看着录取通知书，一会看着散发着油墨香的样书，已然逝去的那一段青春如电影般回访，不由得开始心潮澎湃起来。兴海兴奋地跟父亲说，"高中的岁月，我总算没有白白走过，我对得起逝去的时光，对得起自己的青春。"

最后，父亲只是淡淡地说："人生总会经历这样或那样的历练，有些事情或许一时无法改变，甚至未来的方向也就此定格，但是只要懂得承受、愿意付出，谁都有机会拥有更好的明天。"

梦想是会变形的金刚

梦想是什么？梦想是一株会开花的树，梦想是一道雨后绚烂的彩虹，梦想是跋山涉水后的地平线，梦想是遥遥难及的天的另一边。梦想是一股最强烈的冲动，梦想是一份最热烈的向往，梦想是一缕最滚烫的激情，梦想是一种最坚定的愿景……

说到梦想，其实人生的梦想常常不是唯一的，或许每个人都有好多的梦想、好多随时会变形的梦想。我也有很多层面的梦想，关于家庭、关于爱情、关于信仰，而我想着重说说关于文字或文学的梦想。我跟文字结缘大概是在20年前，那时候就迷上了各种报刊和名著——文字通过组合变成赏心悦目的文章，让我觉得是一件非常有趣的事情。后来，我痴迷地爱上了写作，空闲的时间都在笔耕，最初的梦想就希望自己的文字能见诸报端。

慢慢地，我的文字偶尔也会在各级报刊发表，我开始渴望发表数量更多的作品。看到别的作家介绍"在全国××家报刊发表作品两百余篇"，我便把自己的梦想也定位成发表两百余篇作品，对于当时的我来说那是一个可望不可即的数字。为了追逐这个偶然建立的梦想，我不仅加大了阅读和学习的劲头，同时也增加了创作量和投稿频率。最终完成这个梦想差不多花了10年的时间，因而圆梦时光也变得有分量。

10年之后，我的作品不仅发表了两百篇次，接着又发表一个又一个的两百篇次。这时，我开始有了更高的梦想，那就是出版一本属于自己的书籍。我知道这个梦想是那么的遥远，那么的艰辛，甚至穷尽一生也难达到。可是，梦想的热度让我充满渴望，我甚至午夜梦回，都是自己未来出书的情景。我告诉自己，我未来的每一天，码的每一个字，都要为最终出的那本书做准备。

差不多又是10年的时间，许多我敬仰的作家不断出书，连我要好的文友也出了好多书，我才在不断地求索和经受挫折后，出版了属于自己的第一本书《梦想是心灵的呐喊》。样书不多，稿费也不多，但是那一捆样书、那一笔稿费却沉甸甸的，让我笔耕的10年又10年，不再是艰辛的跋涉，而是一边付出、一边收获的欢欣和激励。那一刻，我告诉自己，过去每一次遭遇的退稿，每一次熬过的夜，每一次无望的争取，都成为勋章般的记忆。

接着，我的第二本书《慢慢禅》、第三本书《本生活，快乐活》和第四本书《爱的刻舟求剑》相继出版。而此时此刻，我的梦想不再是出一本书，而是希望跟许多作家或文友一样，能够出更多更多的书籍，赢得更多更多的读者。同时，我也希望这些书籍，不是穿梭岁月的一阵风，而是沉淀在时光里的珍珠，能够在漫长的日子里，闪耀着专属它的璀璨的光芒。

其实，梦想就是一个会变形的金刚，随着时光的推移会变形，梦想或许不再是最初的模样。不管我们的梦想是缩小成一枚蛋，还是壮大成威力无比的巨人,有梦想的日子都是最美的晴天,我们的人生也会拥有充沛的激情,我们也有望开启更辉煌的明天。

第四辑 成功刻录机:逐梦永远不迟

逐梦永远不迟

静下来想想我们的未来：50岁，半百之年的我们开始倒计时，期待退休时刻的快点到来；60岁，花甲之年的我们没了工作的负担，游山玩水成为我们晚年的乐趣；70岁，古稀之年的我们步履蹒跚，坐在摇椅上回忆着光辉或平凡的岁月。

再看看葡萄牙作家萨拉马戈的人生经历：50岁，25岁出版第一本小说未获成功的他，时隔二十几年重新开始笔耕不辍的生活；60岁，他才凭借以18世纪的宗教审判隐喻葡萄牙后独裁时代的小说《修道院纪事》成名；而以作品《失明症漫记》获得诺贝尔文学奖时，他已经是76岁的高龄了。

25岁到50岁，这应该是一个作家思维活跃、文笔日臻成熟的阶段，也是非常容易出成绩的阶段。可是，老天却和萨拉马戈开了个大大的玩笑，第一本小说的出版让他由焊工成为作家，可是随后的二十多年却没让他在文学上获得更大的成绩。这二十多年，萨拉马戈从事新闻报道和戏剧创作，虽然和文字依旧有着紧密的联系，和文学的梦想却有了不小的偏离。

或许很多人都认为，萨拉马戈不会再有新的作品问世，更不会获得举世瞩目的成就。可是，萨拉马戈心底怀揣着追逐诺贝尔文学奖的理想，这样的理想从来不曾在他的心底冷却过。当萨拉马戈50岁那年，选择重新以写作为业时，身边的亲友们吓了一大跳。只有一位非常要好的老友鼓励萨拉马戈，"50岁逐梦也不迟，加油吧，伙计。"

《修道院纪事》出版时，这位老友因病去世了，萨拉马戈无比的悲伤。在感叹岁月无情的同时，萨拉马戈更加勤奋地写作，完成了包括《失明症漫记》在内多部优秀作品。后来，《失明症漫记》获得了诺贝尔文学奖，获奖理由是，"由于他那极富想象力、同情心和颇具反讽意味的作品，我们得以反复重温那一段难以琢磨的历史。"

萨拉马戈获得了姗姗来迟的肯定和荣誉，当然要感谢忠实的读者和诺贝尔文学奖的评委，但是更应该感谢自己50岁开始逐梦的决心。或许正是死亡近在咫尺的可能，才逼得萨拉马戈拼尽全力去爆发，去开拓自己的无限潜力。就像萨拉马戈曾说过："我已经不年轻了，所以每一部新作品的开始，对我来说都是一个挑战。我写的每一本书都有可能是我的绝唱，如果我的最后一部作品不尽如人意，那会是很可怕的。"

萨拉马戈给我们的启迪是：如果想成为成功人士，哪怕是从50岁开始逐梦也不晚，成功的大门不会轻易关闭。其实，任何人成就一番功绩，不在于从15岁还是50岁开始逐梦，而在于是否有将梦想进行到底的热情和决心。

在他乡开放的樱花

杜哲宇热爱武汉这座城市，准确说，他热爱著名学府武汉大学，向往武汉大学那三月间开放的一树树樱花。当然，杜哲宇不只是想免费看武汉大学的樱花而已，他希望自己能在武汉大学念书、恋爱；毕业后，也希望能在武汉找一份不错的工作，并且住在离武汉大学和樱花不远的地方。

显然，命运是厚待杜哲宇的，他的所有梦想都实现了。考进武汉大学的杜哲宇甚至就住在樱园，他总能看到每年的第一瓣樱花开放，那一缕缕花香让他深深沉醉。当媒体或网络上，还没有武汉大学樱花开放的消息，杜哲宇就悄悄告诉自己的朋友们、网友们。后来，杜哲宇认识了外校同样喜爱樱花的女孩，他们甜蜜相处直到毕业后一起留汉工作，并且组成了幸福的小家庭。杜哲宇和夫人按揭了一套东湖边的房子，有时候登高望远，还能看到樱花树高耸的枝条。花开的时候，树尖的那一抹雪白或绯红，都会让杜哲宇和夫人雀跃。再后来，杜哲宇的夫人给他生了个可爱的女儿，女儿名字就叫杜小樱。

可是，命运又不总是厚待一个人的，公司要选派杜哲宇去外省任区域经理。对于别的人来说，这是一个扶摇直上的晋升机会，名利双收的诱惑怎么也挡不住。可是，杜哲宇的心却是忧伤的，他舍不得他热爱的武汉、武汉大学、武汉大学的樱花花瓣。哪怕职位提高了一级、薪水提高了两级，那座没有樱花开放的城市，对于杜哲宇来说，就像一座失意的"废都"。可是，杜哲宇并没有选择的权力，公司的发展大计胜过了个人的小情怀。夫人小心翼翼地说，"亲爱的，说不准未来的某一天，他乡也会有樱花开放的时刻。"

把武汉当成故乡的一家人就这样离开了，在陌生的城市努力打拼和融入。其实，除了没有樱花开放的三月，那也算是一个非常不错的小城，有美丽的湖水、鲜艳的枫叶，还有成片的猕猴桃树林。只是每当午夜梦回，杜哲宇的心头还是连着樱花，特别是每年的三月间，对于樱花的向往让他倍感煎熬。有时候，夫人、女儿会陪杜哲宇回到武汉，回到在花期中的武汉大学流连、穿梭于花枝下。更多的时候，忙碌的工作和遥远的距离，让樱花渐渐成为一种模糊的记忆了。

杜哲宇常常问夫人，其实也是问自己，"为了获得更好的前途，放弃我最初热爱的樱花和城市，到底值不值得，是不是错了？"夫人总是笑着说，"亲爱的，你不是还有我，还有小樱吗？而且，说不定，未来的某一天，樱花也会在他乡开放呢。"杜哲宇不再说什么，思绪偶尔会飘回昨天，更多的时候，他还是努力地工作，把公司当做自己的家或生命。总部对杜哲宇的评价很高，"他是公司的精英，他到达分部，带给分部的是一缕绚烂的阳光，还有不可预知的辉煌的未来。"

渐渐地，时间久了些，杜哲宇也不再常常提起樱花，毕竟花朵不是男人生活的全部，冉冉升起的事业才是最大的追求。由于事业上有了起色，杜哲宇卖了武汉东湖边的房子，在陌生的城市重新购置了房产。装修的时候，小樱卧室的墙纸是他自己选的，他选的是那种有绯红樱花的墙纸，整个房间立即有异域无尽的芬芳。杜哲宇看着墙壁上的樱花，有那么一刻的恍神，很快心境又恢复淡然。

转眼又是一年，又是三月百花开放的春天，在小区广场的一隅竟然开放着樱花。站在怒放的樱花树面前，杜哲宇有一种恍若隔世的感觉，那一缕缕花香是那样熟悉，那一抹抹绯红或洁白是那样亲切，魂牵梦萦的武大樱花仿佛近在眼前。不知什么时候，杜哲宇的夫人和女儿小樱已在身后，那种久违的幸福感开始在心间沸腾，杜哲宇不再怀疑自己的选择，夫人说的那句"他乡也会有樱花开放的时刻"，实实在在地成为了现实，那不再是不敢奢望的梦了。

后来，杜哲宇知道，是夫人向业主委员会，向物业公司多次提议，希望在小区里种植樱花树，并且和大家分享了他们的故事后，最终获得了一致的认可和通过。据说，小区里的樱花树是从武汉整体移植而来，三月一到，小区的樱花便和遥远的武汉的樱花一起开放了。以前，杜哲宇也听说过樱花承载着一个东瀛女子的爱情，现在，杜哲宇相信他乡即将年年开放的樱花，其实也包含着夫人深深浓浓的情谊。以后，不管生活在怎样的他乡，有着怎样的生活际遇，家人都会是他最大的依靠和慰藉。

其实，人生难免遭遇不能改变的突发状况，或许我们的生活、工作从此走向不一样的方向。适时的接纳并不是一种简单的妥协和容忍，其实更是一种智慧的切入和进取。

可爱的专一

　　一生很长，一生也很短，一生的时间或许就在弹指之间。一生只做一件事，其实也是一种专一的表现，就像一生都在移山的愚公。或许山依旧，愚公也有蛮干的嫌疑，但是世人都铭记愚公。

　　成功的秘诀有千万种，天赋和运气是必不可少的因素，然而执着却是无法回避的决定性因素。一生只做一件事，不是一条道走到黑，而是从深夜走到黎明时分，从黑暗走向灿烂的光明。听过很多作家脱颖而出的故事，无非是数年如一日、数十年如一日的坚持，文字就是作家的全世界，作家的全世界都是文字。或许在尚未获得成就的时候，那些笔耕的日子是艰辛甚至是无望的，但是作家与文字的那份交融是真实的，那份专注的热情和姿态让人倾心。当别人在喝茶饮酒时你在写作，当别人在泡脚按摩打麻将时你在写作，当别人在以种种方式挥霍光阴时你在写作，最终当别人两手空空、年华老去时，你获得关于文字的赞许也就不足为奇了。

一生只做一件事，到了爱情的世界，就是一生只爱一个人，专一不仅仅是一种精神，更是一种非常难得的品质。最近，看到一个很感人的爱情故事：男孩爱上女孩，女孩去哪儿念书，男孩就拼命争取去哪儿念书，女孩去哪个国家留学，男孩也铆足劲要跟去留学，女孩在国外留学的城市变了，男孩的目的地便跟着变。男孩不仅仅跟女孩一样是好学生，男孩更是一个不折不扣的好恋人。最终，男孩赢得了女孩的芳心，八年的单恋变成了甜蜜相依。显然，男孩赢得美人心，不是男孩的学习好，而是男孩对爱情那么专注，八年哪怕看不到希望依旧无怨无悔，那么专一地爱着一个人，把爱情当作自己唯一的"事业"，不感动女孩的心才怪。

　　同时，我又看到了另一个版本的八年之恋，那不是到最后才水落石出的恋情，爱情之花在八年前便开始绽放了。在爱情也很"速食"的年代，有多少爱情能从容地走过八年。八年之后，他们依旧相亲相爱，这是多么美好的一件事。可是，男孩父母嫌弃女孩的家境，这份嫌弃八年如一日，也让他们的爱情得不到想要的祝福。男孩不再去争取父母的"首肯"，而是满怀无奈地说，"亲爱的，我们试分手五年，如果五年之后还相爱，而父母也不再反对，我们就选择婚姻。"八年又五年，女孩的一生有几个美丽的八年，又有几个忐忑的五年，试分手其实是无解的告别。

　　爱情的得与不得，或许有太多外在的因素，然而有没有勇气把爱情进行到底，有没有一生只做一件事、一生只爱一个人的魄力，才是爱情之花旺盛或凋零的根本。当然，不仅仅是爱情，实现人生所有伟大的目标都在于专一，足见专一是一种多么可爱、可贵和可赞的力量。

诚信之道

20年前,镇上的国营家具厂倒闭后,小镇上多了许多木工作坊。失了业的父亲离开了家具厂,也学昔日的工友试着"独立",开了属于自己的木工作坊。由于父亲的木工技术很出色,木工作坊的生意一直不错,我们一家人也过着小康的生活。

后来,有一位外地人游说父亲关掉木工作坊,与他合作在镇上开家具厂。外地人看中的是父亲过硬的手艺和在小镇的知名度,父亲看中的是外地人描述的美好前景。家具厂还没开,母亲便担忧父亲的家具厂会跟国营家具厂一样倒掉,还不如好好守住眼前的木工作坊,至少能维持还不赖的生活水平。可是,父亲铁了心要改变现状,义无反顾地和外地人合作,大张旗鼓地将家具厂开了起来。

母亲的担忧成真,外地人收取了几十笔家具款后,突然人间蒸发了。外地人惹的祸,让家具厂四面楚歌,父亲的脸上也愁云密布。母亲劝父亲,"离开家具厂吧,外地人留下的烂摊子,你没有义务来承担。"母亲的话父亲听不进去,"我堂堂七尺男儿,能做这么不负责任的事情吗?"父亲敢于担当的行为当然很伟岸,可是要如约完成那几十套家具,光家具的材料钱加上木工的工钱,就会让家具厂彻底破产,父亲也要成为四处举债的"负翁"了。

那是一个非常诡异的场面,父亲的家具厂每天干得热火朝天,可是热火朝天的背后却是残酷的凋零。母亲常常絮絮叨叨,"都是你太固执、太刻板,把一家人的好日子都葬送了。"父亲认真地说,"诚信之道,就是最基本的经商之道,如果连这点都做不到,怎么能算得上是一个好商人、好木工。"父亲还常常说,"就算我这次倾家荡产,恪守诚信之道的我,也总会有翻身的那一天。"

当最后一套家具如期完成后,母亲已经开始绝望了,甚至准备卖掉住房,供家庭的基本开支和我念书的费用。没想到,转机适时出现,父亲的诚信不仅打动了几十套家具的主人,也打动了市里一位著名企业家。这位企业家不仅在父亲的家具厂下了一笔大订单,还宣布注资扶持父亲的家具厂。由此,父亲的家具厂转危为安,父亲也由原来的副厂长升级为厂长。当然,母亲的担心也成为了名副其实的杞人忧天。

现在是 20 年后,父亲的家具厂成为了小镇乃至全市的著名企业,父亲已是全市知名度极高的诚信企业家。至于那个外地人,20 年依旧没混出什么名堂,成为了彻彻底底的混混。

有一天,父亲看电视,看到一则社会新闻,一位中年男子第三次因诈骗罪入狱。父亲摇摇头,叹了口气,说这人和 20 年的外地人很像。

我和母亲赶紧仔细一看,真的是那个外地人。

柚上"林黛玉"

阿芝在四川德阳一个小村子生活,许多川妹子风风火火闯九州,而她却选择留在熟悉的土地上。

那时候,阿芝刚刚高中毕业,便跟着父亲母亲做农活,地里种青辣椒、番茄和冬瓜等蔬菜,也会种像橙子、蜜橘和柚子等时令水果。种菜或摘果时,阿芝都是笑意盈盈的,很少会喊累或偷懒。而闲了,阿芝便会躲在闺房里写写画画,那是她从小到大唯一的爱好。可惜,阿芝没有机会得到更好的艺术指导,手头上也只有几本破破烂烂的旧教材,她练习画画也是全凭一时的感觉,画出来的作品连父亲都摇头。

好几次,父亲就直言不讳地说,"阿芝,我劝你还是别没事写写画画了,有那个工夫还不如多休息休息,等到再干活的时候劲头也更足一些。"阿芝笑嘻嘻地说,"写写画画不累人的,看电视肥皂剧还伤眼睛呢。再说啦,我什么时候做农活拖后腿了?"父亲不住地摇头叹息，多少有些怒其不争的意味，但是又对阿芝无可奈何。再后来，父亲给阿芝安排了一门亲事，男方就住在邻近的村子里，家里有大片大片的果园。

阿芝的丈夫是个叫大波的年轻人，他的果园会种许多种类的水果，水果熟了就会拉到外地去卖，生意还过得去，小日子也算红火。大波很疼阿芝，不仅尽量让阿芝少干活，而且阿芝画画时也不多言，偶尔会说"你快乐所以我快乐"。当然，大波的家人偶尔还是会嘀咕，"整天写写画画，做的都是些无用的事情，如果能创造点价值该多好。"阿芝不争不辩，想画时还画。

大波拉着水果去外地卖时，阿芝也会一路随行，两个人也好有个照应。卖水果这事，有时候忙得手脚不停，有时候闲得让人发慌。闲的时候，阿芝就抱着钱箱子，铺上画纸随意地写写画画。偶尔有顾客看到阿芝的画，都忍不住夸赞几句，"老板娘，您画得真不错啊，如果您不卖水果卖画，相信生意会更火爆。"阿芝忙着答谢，但是并没将顾客的话放在心上，毕竟卖水果才是家里唯一的经济来源，写写画画不过是消遣罢了。

有一次，大波和阿芝拖着几百斤柚子去卖，可去的时间有些早，一时无人问津。阿芝不慌不忙地掏出画笔想过瘾，可是发现随身没有带画纸，就连几张白纸都没有。问了路人，才知道最近的文具店也相距遥远。没有画纸，阿芝顿时有了"巧妇难为无米之炊"的感觉，失落感也慢慢地爬上了脸颊。大波不停地安慰着阿芝，安慰着安慰着，突然灵机一动，"亲爱的，要不你就在柚子皮上作画，如果顾客不要画了图的柚子，我们自己剥开吃。"

阿芝听大波这样一说，失落的情绪顿时一扫而空，抱着新鲜的柚子开笔了。阿芝画兴大发，一会就画了十来个柚子，有的是胖乎乎的熊猫吃竹，有的是长发大眼的曼妙女孩，有的是温柔可人的美人鱼……画上了图案的柚子堆在一边,而慢慢地,来买柚子的顾客开始聚集过来。起初,大家都只是关注新鲜可口的柚子,接着开始对画了图的柚子产生兴趣,纷纷指定要买阿芝"加工"过的柚子。有个老伯买了柚子,还笑着说,"柚子上画了林黛玉,老板娘的创意真不错,恐怕我买回去也舍不得吃。"

阿芝在柚子上画林黛玉的事儿,不仅在顾客中口口相传,还有记者写成了新闻报道。再后来,阿芝不仅迷上在柚子上画图,而且为了扩大柚子的销售,柚子上画图也成为一种需要,很多顾客都冲着"林黛玉"来买的。渐渐地,还有一些商超和企业也开始联系阿芝,希望能够批量提供有"林黛玉"的柚子,甚至给出了高出正常批发价一倍多的价格。大波和阿芝的柚子生意突飞猛进,经济效益也是"芝麻开花节节高",他们的家人自然是喜上眉梢,纷纷说阿芝"画出一片新天地了"。

人生或许是艰辛的,前路或许是曲折的,那些不曾丢失的兴趣,或许暂时黯淡无光,或许无法创造效益。然而,兴趣是支撑我们前行的动力,让我们的生活更丰盈、更充实、更有趣。就算我们不一定像阿芝一样,因为柚上"林黛玉"而名利双收,至少我们忠于内心,忠于不曾磨灭的快乐,可以无悔地走过人生一程又一程。

从"心"出发

"这种中学生都能识破的语法错误,竟然作为'哈佛校训'堂而皇之地出现在大学图书馆里,简直让人哭笑不得!"日前,华中科技大学的一名研究生向报社记者反映,该校某校区的图书馆内,有一段疑似伪造的"哈佛校训"配上了英文翻译,被精心装裱后挂在了阅览室的墙壁上。

众所周知,哈佛大学是世界著名的高等学府,很多人都向往去哈佛大学念书。很多人对哈佛大学充满强烈的向往,甚至企图从市面上流传的种种哈佛校训,获得一些激励自己进取的精神营养。

华中科技大学同样是名校,不仅在国内长期占据前十的位置,在世界范围内也拥有不错的声誉。可是,就是这样的名校图书馆却轻易地被一条漏洞百出的假"哈佛校训"给"忽悠"了。伪造的"哈佛校训"也能在高校图书馆登堂入室,这看上去是一间图书馆犯下的惹人发笑的低级错误,实际上却是名校崇拜结下的一枚"苦果"。

  类似的"哈佛校训"其实不仅挂在华中科技大学图书馆里，在更多的高校或者公共场所都广泛存在着。而且，以"哈佛校训"为主题的各种励志节目和励志书籍，也长期充斥在我们的眼前和身边。遗憾的是，市面上流行的各种高端大气上档次的"哈佛校训"，其实根本就不是哈佛大学的校训，而是先有中文意思再"粗暴"翻译的中国式英语。而哈佛大学真实的校训是拉丁文 Veritas（真理），比起那些充满励志意味的"哈佛校训"，"真理"显然要刻板、枯燥和无趣得多，然而真实的哈佛校训其实更意味深长，更能经受时间的考验和思想的研磨，而不会像一阵无关痛痒的风掠过无痕。

  如果可以，我们希望所有假冒伪劣的"哈佛校训"都"下架"，如果我们从"心"出发、从"真理"出发，我们一定可以找到励志的力量，找到进取的动力，找到通往成功的大路。

老手艺 新商机

小东从美发机构完成培训，又在品牌美发店工作三年，还当上了美发店店长。后来，小东有了自己开店的想法，店子开在居民楼林立的老城区。由于是品牌美发店的水准，同时又是贴心而低廉的市民价，店里的生意一直都很兴旺。

渐渐地，小东发现店里的老年人客户不多，特别是上了年纪的男性很少光顾。小东有点纳闷，其实美发的价钱并不是很贵，为什么他们就不愿意来光顾呢，难道他们不相信年轻的美发师？

有一次，小东给居民陈伯剪完头发后，便把心中的疑问一股脑抛给了陈伯。陈伯摸了摸脸颊，笑着说，"小东，其实你的手艺挺不错，收费也很合理。可是，你不知道上了年纪的男性需要什么？"小东赶紧递上一根烟，问，"那请教一下陈伯，像您这样的顾客最需要什么，我们能做的一定会去做到的。"陈伯非常认真地说，"其实，我们需要的是传统老手艺，比如剃剃胡须、挖挖耳朵、捏捏肩膀，可是，你们年轻的美发师都不会这些，而且也没有学这些的兴趣。"

陈伯的话小东听在耳里，记在心上，后来花了一段很长的时间，去走访一些退了休的老师傅，虚心地学习那些昔日的老手艺。本来，小东以为，在这个快节奏的时代，昔日的老传统早已落伍了。可是，当他去了解和学习，才发现老传统其实也是有魅力的，老传统和新的美发技术一样都是指尖的艺术。更重要的是，"顾客就是上帝"是服务行业的追求，没有什么比顾客得到最好的体验，更值得从业者重视的。小东学成归来，首先给陈伯进行了全方位的服务，陈伯对小东刮目相看、赞不绝口。

后来，小东的美发店有老手艺的消息不胫而走，许多附近的上了年纪的男性顾客，甚至离得很远的顾客都赶来"尝鲜"。为了满足这方面越来越大的需求，小东还要求店里的美发师都学习老手艺，并在店里设置了两个老手艺的专座，让顾客们得到最及时、最完美的服务。于是，在小东的时尚美发店，不仅爱美的年轻人爱光顾，上了年纪的顾客也常来。

由于老手艺贴心地"回归"，许多上了年纪的顾客交口称赞，邀请或推荐自己的老伙伴来。有些顾客还表示，"小东师傅，你的美发店服务好，能剪年轻人喜欢的时髦发型，又能兼顾老人家的需求。我们一定会让家里的晚辈来关照，让你们的生意越来越红火，成为一间长盛不衰的亲民美发店。"后来，果真有许多陌生的年轻顾客来光顾小东的美发店，店里整体的生意比以前好了一倍还要多，很多服务行业都有喜新厌旧的毛病，对老手艺避之不及，怕麻烦、嫌回报太低，宁愿放弃看得见的市场。殊不知，其实老手艺也是新商机，就像小东的美发店，不仅吸引了上年纪的顾客，拓宽了店里的顾客的层面，也因为对这一部分顾客的特别关爱，还引来了更多的顾客光顾，而这正应了那句话"付出不求回报，回报说来就来"。

一座没有特产的城市

有些城市或许从来不在我的心上，而我跟它的结缘也只是小小的偶然，但是短暂的相逢依旧能擦出心灵的火花。我要说的是浙中小城义乌——这个有着"小商品海洋，购物者天堂""世界第一大市场"之称的城市。

其实，我跟义乌的结缘是"散文里的浦江"笔会，笔会在浦江举办。但是，由于交通的缘故，我要前往浦江，必须路经闻名遐迩的义乌城。抵达义乌城时，列车里的喧嚣很快被城市的安宁掩盖，哪怕清晨七点的天空是明晃晃的蓝，城市却依旧安安静静地沉睡着。稀少的行人，低乘坐率的公交车，冷清的早点摊，让我越发相信这座城市还在睡梦里。

坦白说，义乌的安静是让我费解的。来自湖北武汉，来自汉正街的我，本来料想义乌的清晨是忙碌的、紧张的、商机盈门的。没想到，同为小商品批发市场的汉正街早已人声鼎沸时，义乌的国际商贸城却依旧大门紧锁,小商品批发的老板和客户都不见踪影。早点摊的小夫妻说,"国际商贸城是朝九晚五,就跟写字楼的上班族一样。虽然义乌没有汉正街的批发早市,但是国际商贸城的精彩却毫不逊色。"

由于赶着去参加笔会,我没等到国际商贸城营业,就匆匆搭上了去浦江的班车。虽然浦江和义乌同属于浙江金华市,然而浦江处处都是义乌的烙印,跟金华之间的关联却少了许多。显然是义乌的影响力太强大,特别是在浙中大地,这种渗透是潜移默化的,是根深蒂固的。浦江有美丽的山山水水,有超过万年的上山文化,但是义乌元素却是不可取代的,慢慢地,义乌也成了浦江人的骄傲。

笔会中,有作家朋友跟我说,"每天给你八个小时逛市场,每个摊点前面只允许你停留一分钟,逛遍义乌国际商贸城所有摊点,需要整整一年时间。"坦白说,虽然在武汉曾经无数次地逛过汉正街,但是我依旧为义乌国际商贸城的规模而震撼。渐渐地,我的心思也不由自主地从笔会的浦江转移到义乌城,越发希望再次去感受义乌的小商品批发,感受和汉正街不一样的商业风情。

回程时,我刻意买了稍晚的火车票,只为再去国际商贸城看看,看看营业时的灿烂盛况。再次抵达阵仗巨大、规模惊人的国际商贸城,我终于明白"小商品海洋"之说绝对名符其实,那里的小商品品种繁多、应有尽有,还有许多平时闻所未闻、见所未见的玩意。更让我折服的是,国际商贸城虽然商品多而全、店家密密麻麻,但是却井井有条、整洁有序,置身其中,不论是批发入货还是随意逛逛,都是美妙的享受。

我买了些钥匙扣之类的小玩意,虽然只是小小的零售的生意,但是老板依旧温和而谦卑、耐心而周到,让我心底顿时堆满了暖意。接着,我离开了国际贸易城,前往居民集中的市政广场。一方面,我想买一点义乌的土特产带给家人，另一方面，我希望体验一下义乌普通人的生活。遗憾的是，义乌的土特产并不好找，多的是浦江的豆腐片、金华的火腿，却少有义乌本地的风味。

市政广场有许多悠闲的老人，牵着狗或者溜着鸟，唱着听不懂却耐听的越剧。当我走近跟他们聊天时，他用不太标准却很用心的普通话交流。其中一位老人告诉我，义乌的百姓都很感谢这座城市，也很感谢天南地北来义乌的人，正是大家的到来让义乌越来越好。越是发达的地方越是排外，这是很多人惯常的思维。而我想，在义乌，在这个海纳百川的城市，应该是没有排外这回事的。

而当我问到"老人家，义乌到底有什么特产"时，老人笑着跟我说，"义乌和别的城市不一样，义乌是一座没有特产的城市。如果非要说义乌有特产，那么就是义乌的小商品，就是义乌的每一个人，每一个努力奋斗的人。"老人的话或许有一点绝对，但不正是一个个可爱的义乌人，让这座城市有了自己的光华，让浙中、让中国的天南地北、让世界记住了这个与众不同的城市吗？

把时间弄丢了

　　寺里有一位德高望重的住持老方丈,还有一群叽叽喳喳的小和尚。最初,寺里只有老方丈一人,这些小和尚是陆陆续续剃度的。和时下初入职场的年轻人一样,这些小和尚也有自己的愿景,有的希望成为像老方丈这样的住持,有的希望深刻领悟佛法,并通过自己的力量将佛法传播出去。

　　正所谓,师傅领进门,修行靠个人。这些小和尚看破红尘、与世隔绝,慢慢地没有了七情六欲。年龄相仿的一群年轻人凑在一起,天马行空地聊聊天、吹吹牛,一天很容易就混过去。老方丈让他们打扫庭院、抄写经书或冥思苦坐,他们个个都会觉得时间难捱。一旦让他们去山野摘菜、采药,时间很快就会淹没在欢声笑语中。很多时候,他们甚至感慨地说,"寺庙之中,并不像传说中的那么寂寞,日子也可以过得有声有色的。"

　　偶尔,老方丈会提醒这些小和尚,"你们可别忘了最初的梦想,时光易逝青春易老,梦想不知不觉就弄丢了。"不知道小和尚们是真的忘了梦想,还是已然陶醉于闲散舒适的日子,根本不把老方丈的话放在心中。除了寺庙里繁琐的日常事务,他们就像出行的旅人一样,每天都给自己找乐子。寺庙收藏的经书被束之高阁,高高大大的佛像灰尘密布,也很少有人找老方丈讨教佛理事宜,失望的老方丈不由得摇头不已。

十多年过去了,仿佛一转眼,一群小和尚由年轻人变成了中年人,许多本来很有趣的乐子也开始无聊,而且心底也开始泛起一丝丝的空虚滋味。老方丈在寺庙组织了一次佛法大会,很多知名寺庙的住持方丈和和尚都来参加。跟这些僧人同道交流时,寺里的和尚们立即感觉出差距,自身的浅薄让他们常常接不上话,或者在同道面前不经意就露了怯。

和尚们大感不解地问老方丈,"同样是参禅礼佛,为什么我们比人家差那么多?"和尚们这样说的时候,脸上露出的是羞愧的神色。老方丈淡淡地说,"其实,你们的领悟能力并不比他们差,只是你们在修行的过程中,弄丢了一件非常宝贵的东西。"当和尚们一再追问,老方丈认真地说,"你们弄丢的是时间,你们可知时间去哪儿了?"

面对已然不知去向的时间,和尚们开始懊恼自己的蹉跎。

邮差总按两遍铃

小东是我的同窗，多年前，他奔赴日本东京樱美林大学留学。学成后，选择离东京三百公里的仙台市求职，并和一位韩国朋友合租了一套两居室。

虽然互联网日渐发达和便捷，我和小东却保持飞鸿传书的习惯，手写字的温暖和真诚让人迷恋。以前，小东给我留的是樱美林大学的通讯地址，毕业后，由于工作存在很大的不稳定性，他写信都会留自己租屋的地址。

我知道，小东租不起昂贵的租屋，租屋所在区域的环境和治安不会太好。于是，我在信中说，"一封平信从中国到日本，要走好长的时间才能到，如果丢了岂不是很可惜，要不我每次寄挂号信得了。"小东回信说，"在日本，不管是普通居民区、新潮的社区，还是奢华的别墅区，家家户户都会安装信箱。如果居民有报刊或信件到，邮递员只管塞进信箱里，就算信箱不上锁，也很少出现丢失的情况。哪怕家人从国内寄来重要的文件，我也总是劝他们只管选择平信，因为平信也会得到足够的保障。"

听小东这么说，再联想到国内平信丢失频繁的情况，我对日本邮路的通畅还是心存疑虑。不过，前前后后几年，我寄给小东的信件几乎没有遗失过，倒是他从日本寄来的信件常常不翼而飞。后来，小东不得不转为更有保障的挂号信，才彻底避免了信件丢失的情况。两相比较，我为日本邮路不丢信而折服，但日本邮路不丢信的原因，却成了我心底的一个谜——一个有待揭开的谜。

今年，小东从日本回国度假，同窗们策划了一次聚会。其他人关心小东的收入、仙台的房价以及日本女孩漂不漂亮。而我却更希望揭开藏在心底的谜，于是迫不及待地问，"日本邮路不丢信，除了日本的治安好，还有没有特别的原因？"

小东认真考虑后，回答说，"我想这跟日本邮递员认真负责的态度有关，日本邮递员都信奉'邮差总按两遍铃'。简而言之，日本的邮递员其实不会轻易将信件塞进信箱，而是会先在居民的后园里按一遍铃，然后再去居民的前面按一遍铃。多次按门铃无果后，邮递员会将国内普通的信件放进信箱，如果是国内较重要的信件或来自国外的信件，不管属不属于挂号信，都会以贴条的方式通知居民自取，或者另约合适的投递时间。"

"邮差总按两遍铃"，是日本邮递员宝贵的行业信条，值得国内的各行各业学习。

一根香蕉的转机

如果我问您是否买过一根香蕉，您一定会回答没有，您甚至还会怀疑，我是不是头脑短路了，问这么奇怪的问题。而我现在要说的是一根香蕉打开生意局面的故事，这个故事的主角是我的小妹路娟。

一年前，小妹接手了某高校学生公寓区的一间水果店。之前的店主经营一直很平淡，又抵抗不了越来越多的同行竞争，于是有了转让店面的念头。

小妹接手后，生意并没一下子红火起来，倒是一些学生见来了新老板，来得更少了。小妹精心装点店面，还加强了店内的卫生，水果种类也比以前丰富。更重要的是，小妹和她的店员都开始实行微笑服务，服务热情周到耐心。这样，生意有了一些起色，但是还没到她预期的那样兴旺。

细心的小妹发现一些新生每次兴致勃勃进店，可是每每看过一圈后又两手空空地出去了。小妹闹不明白了,自己店里的水果价格很实惠,决不比超市和其他水果店高,而学生也不至于吃不起水果,为什么就是不肯掏钱买呢?

后来的一天,一个女生盯着一挂香蕉看了又看,最后还是准备离开小妹的水果店。小妹请那个女生留步,然后询问她,"同学,我店里的水果也不贵,就拿这个香蕉来说吧,每斤比其他店还便宜五毛钱,你为什么就不愿意买呢?"那个女生低着头轻声说,"我其实想买香蕉,可是一大挂我吃不了,就算小半挂也嫌多,所以只能作罢啦。"小妹割下两根香蕉,过秤后卖给了那个女生。女生拿着非常高兴,还不停地说谢谢。

之后,小妹心头豁然开朗,开始将香蕉零买,两根、三根都卖。如果有学生要求,甚至一根都会割下来卖,决不会有不耐烦的情绪。时间长了,整个学生公寓区的学生都知道,小妹的水果店一根香蕉都卖。很快,来光顾水果店的学生多了起来。虽然买一根、两根香蕉的学生很多,但是每天香蕉的销量却翻了三番。更重要的是买一个苹果、一个梨子的学生也多了起来,整个水果店的生意有了很大的提升。

学生公寓区市场管理人员说,"你这是将生意化整为零,是一种不错的思路。"小妹笑了笑说,"把学生顾客装在自己心里,这才是生意发展的根本。"

我知道,小妹的话绝不是得到表扬后的客套,而是让所有生意壮大的公开的秘诀。

逼出来的招牌菜

表叔选在这片居民区开餐厅,其实并没有太大信心,因为此前已经有一家"老字号"的餐厅深入人心,要"分得一杯羹"并不是一件容易的事情。

不过,新店新气象,热情的服务和雅致的装修,还是吸引了不少居民来进餐。一个多星期下来,表叔的店座无虚席,甚至有人甘愿排队等候。而"老字号"的餐厅却门可罗雀,老板和员工的脸上都写满了愁字。

表叔是一个居安思危的人,他知道旺盛的人气只是暂时的,喜新厌旧的劲儿没了,居民还是会理性地选择进餐的餐厅。坦白说,餐厅里的菜品都不错,但是要选招牌菜却非易事,表叔正为这个伤脑筋。

表叔愁云未散,"老字号"的老板开始发难了。每天,还未到进餐高峰期,"老字号"的员工便涌进了表叔的餐厅。一人找一个餐桌坐下，单单只点一个番茄炒蛋，要一壶茶和一份免费泡菜，便能耗上两三个小时。等到进餐高峰期，别的顾客要进餐，却找不到空位置了。日复一日，表叔的生意大受影响，"老字号"的人气开始回暖。

"老字号"的做法无疑是不正当竞争，我劝表叔去工商部门投诉，表叔却一副不慌不忙的样子。由于每天只炒番茄炒蛋这个菜，表叔放了两位厨师的假，只留一位厨师和几名服务员。对于每天上门的"老字号"的员工，表叔让服务员像对待别的顾客一样热情周到，脸上绝不露出丝毫的怨气。

当我开始担心表叔的餐厅能撑多久时，表叔换上了新的广告牌："本店招牌菜——番茄炒蛋，二十一种别样风味。"原来，放假的厨师去搜罗番茄炒蛋的不同做法，竟然找到了二十一种做法。

家常菜玩出新花样，居民们的好奇心再次被激起，纷纷赶到了表叔的餐厅。"老字号"的员工依旧占座，却引起了居民的公愤，甚至有人自发驱赶他们。表叔的生意再次火爆，还被"老字号"逼出了招牌菜。而恶意竞争的"老字号"却落得个灰头土脸，生意日渐萧条起来，最近还挂出了"门面转让"的启事。

其实，在经营中遇到对手的打压是很正常的事情，如何面对外在的压力是一门学问。与其在压力面前手忙脚乱或以暴制暴，倒不如冷静地选择出口，有时候，出口不仅是美丽的风景，甚至是机会。

谁都可以是人生大赢家

公司副总杨乐乐喜得贵子，他和爱人的爱情结晶小木木呱呱坠地。办公室里除了一长串的"恭喜"、"祝福"，还有同事说，"杨总真是人生大赢家"。

以前，我们称事业好、妻子美、孩子乖的男人是成功男士，我们称样貌好、能力强、有闯劲的女人是女强人，而现在我们对成功男士或女强人，统称为人生大赢家。人生就像是许许多多的比赛，总会有一些令人羡慕的大满贯获得者——他们事事如意、时时顺心，不知不觉就走在了最前面，成为当之无愧的人生大赢家。

想到那些人生大赢家，我们有一些些羡慕，也难免有一些些黯然，毕竟精彩是属于别人的，别人的高大上更衬出我们草根的平凡。别人轻轻松松的赢，简简单单的收获，对于我们却是可望而不可即的幸福。我们常常有一些不甘，不愿总是做那个点赞的手，而希望收获别人艳羡的目光。可是，我们最终无法翻版别人的人生，每个人的成功有必然性也有偶然性，并且没有一种成功是可以拷贝的。我们可以艳羡、可以仰望甚至可以去追捧，但是在一片喧哗之后，我们依旧需要沉淀下来，面对自己充满未知的前程。

或许在110米栏，我们赢不了刘翔、史冬鹏；或许在足球场上，我们也赢不了齐达内、梅西；或许写一本书，我们没有唐家三少、张嘉佳那般轰动。但是，我们可以跟昨天的自己相比，跑得比昨天快那么一点点，传球过人更从容一些或者写得更扣人心弦。人生的进取，更多的不是和别人比较，而是今天和昨天的自己比较，同时明天又会比今天的自己更好。显然，只要我们好好地生活、努力地工作，明天那个越来越好的自己，一定会感谢今天拼命努力的自己。

所谓人生大赢家，其实并不是你赢了全世界，而是你在自己特定的位置上，你绽放了更多的光华和魅力。如果你做了最好的自己，一定会有纷至沓来的喝彩，就算所有喝彩都与你绝缘，你也会为自己的努力而骄傲。岁月匆匆，唯有我们珍惜时光，在最恰当的时候拼尽全力，我们就无愧于自己。

谁都可以是人生大赢家，我们赢的不是别人的人生，只是在与自己的人生赛跑时，秀出了一份亮眼的成绩单。人生是残酷的，常常让我们看到悲催的一面；然而人生又是包容的，只要我们用心、用力，最终总能看到最美的风景。

幸福也有密码

幸福是什么？幸福或许有不同的呈现形式，然而，幸福简单点来说，其实就是心底的一抹甜、一丝暖或者一份不惧风雨的坚定、勇敢和乐观。

拥有幸福是一件快乐盈心的事儿，幸福的我们可以欢欣地看花开看潮涨，也可以淡然地看花谢看潮落。花期与天象、晨昏与阴晴、喧嚣与寂寞，只要胸怀着幸福的滋味，所有的日子都能安然走过，每一段历程都是满足与惊喜。

可是，幸福并不总是触手可及的，幸福有时候高挂天际，有时候留在午夜梦回里。幸福的正面是阳光、花香或温暖的脸，而幸福的背后是阴雨、凋零和流着泪的脸。有时候，幸福离我们很近很近；有时候，幸福离我们很远很远。有时候，幸福是属于别人的天涯咫尺；有时候，幸福是属于我们的咫尺天涯。

当幸福成为一种传说，或是沙漠中虚幻的海市蜃楼，或是靠得近、抓不住的白日一场梦，我们开始期待寻觅抵达幸福的途径。通往幸福的路有千万条，或许转瞬，我们就来到了幸福的面前，却敲不开装着幸福的那扇门。原来，幸福是装着防盗门的房间，抑或是设有密码的保险柜，幸福不是想进就能进的门，幸福不是想开就能开的保险柜。

阻挡我们走向幸福的是密码，密码或许是专属的指纹或温度，或许是一组无法破译的数字。然而，幸福有的时候却又很简单，简单到只是123456、888888，或者无须千百次地敲门，只需轻轻旋转门的把手即开。其实，寻觅幸福、拥有幸福，需要的只是一颗善感的心，一种走向明媚的信心和决心。幸福是没有公式的，幸福的密码无法靠公式来解密，幸福不是一道中学生的奥数题，幸福也不是一道深奥的高考题。

时下的年轻人常说，爷爷奶奶辈或爸爸妈妈辈是父母之命、媒妁之言，却常常能相扶相携走过漫长一生，然而自由恋爱的时尚男女却总是闪婚闪恋，那些感天动地的名人的爱恋轻易就分道扬镳，让他们不再相信爱情、相信幸福。老版婚姻在坚守中历久弥新，从此细水长流走过更多的岁月，而新式爱恋是骤然开放的樱花，甚至在短促的花期中就开始凋落。其实，并不是爱情的保质期太短，而是我们忘却了幸福的密码，除了享受心动时的甜蜜和战栗，还有不轻易变迁的专注以及对爱的责任和信仰。

其实，幸福真的是很纯粹的一件事，幸福就是那份抹不去的坚持，幸福就是不愿意放开的最初牵着的手，幸福就是当日月变幻后还没忘却最初的方向。如果人生是一场战役，幸福密码便是成功密码，幸福是人生最宝贵的成功，而人生最大的成功由幸福启航。

东子的贵人

东子是我以前在房地产供职的同事，偶尔，他也会跟我提起他的梦想。他的梦想不是成为王石、王健林或许家印，他只想有一个小户型的房子。但是，东子就是个上班东奔西走，下班安安静静喝酒，没有房子，没有女朋友，没有小户型的家的小角色。梦想被现实的手推得远远的。

老曹是个有头有脸的人物，东子和老曹有一点点交集。他们偶尔能见见面，算得上是忘年交。老曹常常说，东子，你若有事，你就找我老曹。东子说，行，谢谢，曹总。其实，东子更想说，曹总，多买我几套房吧。

某天，东子和我吃完饭，在准备过马路的时候，他差点与一辆出租车来个"亲密接触"。刚刚喝了点酒的东子气不打一处来，拍打车窗就让司机给他道歉。没想到出租司机也不是好惹的主，一来二往两人就动起手来，我拉都拉不住。

最后，警察来了调解了半天，东子和司机谁也不肯退让，警察估计也不耐烦了，"不和解，都关进去15天，好好反省反省。"

饶是如此，二人还是不肯和解。出租司机反倒打起电话搬救兵去了，而我也想到了老曹，连忙拨通了老曹的电话。老曹来了，劝东子道，"就为这点小事你想被关进去？进去事小，留下案底我看你以后还怎么做人。"听老曹这么一说，东子也醒了点神，出租司机估计也觉得不划算，二人只好认了调解。

这警察和出租司机是打发走了，但显然东子的气并没有消，他在回程的路上，气鼓鼓地说："留案底就留案底，反正我就一穷屌丝，这辈子都不可能发财，也不可能有姑娘会看上我。"

老曹生气地拍了东子一下说："年轻人，这世上如你一样普通的人多了去了，难道他们个个都不可能发财，个个都娶不上媳妇？如果你自己不奋斗，难道你指望这些东西会从天上掉下来吗？"东子说，"我除了努力卖房，我还能做什么？"老曹说，"你的业绩可不可以提高一倍、五倍或十倍。你正当年华，现在不拼何时拼？"

东子顿时有些觉悟。

在这之后，东子一有空闲就喜欢凑在老曹旁边，听他讲各种故事。老曹也不拒绝，有事没事就点拨一下他。老曹说，每个人都可能成为你的客户。于是，东子每天都笑脸迎人，不管是公司的老客户，还是匆匆询问几句的新客户，他都耐心、热情而周到地服务。"您好，这里是××地产公司，我是业务员东子"，就算再疲惫，东子也会字正腔圆地接电话、道问候。

老曹说，幸运常常不是第一次就光临你。于是，东子不再期望一次性的成功，那些没有表态的客户，东子会一再问候、走访。一些客户或许真的没有购房的能力或意愿，但是也记住了东子这个业务员，甚至会介绍亲朋给东子。

慢慢地，东子的业绩越来越好。东子常常给老曹打电话——

"曹总，我又签了一单！"

"曹总，我又搞定了一个新客户。"

"曹总，有空来喝我的庆功酒。"

"……"

老曹没有时间喝酒，但他答东子，如果东子在他的新房和他的新娘一起请老曹喝酒，他一定来。东子答应了，这像对老曹的一个承诺，也是一个军令状。

人生是一个恶性循环，人生也是一个良性循环。曾经，日复一日，碌碌无为的东子，顿时开始顺风顺水。毫不夸张地说，房子不是白菜价，在他手上，却如白菜般好卖。每次，我跟东子比业务，总是自愧不如。要知道，以前，我可是略略领先于他的。他一不小心，就打了个漂漂亮亮的翻身仗。

又多了些时，东子的成交量突飞猛进，竟然成了区域销售冠军。东子名利双收，还收获了一枚妹纸。东子按公司内部价购房，交足了首付款，装修也紧锣密鼓地进行。而同期入职的我们，却还在为下个月的房租发愁。显然，差距不在使用时间的多少，而在于使用时间的效率。从一场斗殴，到一场婚礼，不到两年的时间。

东子的人生，发生了戏剧性的变化，所有的灰色的雾霾，都被雨后彩虹占据。同事们都受邀去喝喜酒，老曹自然是座上宾。老曹开着豪车来庆贺，像父亲又像兄长一样，为东子道贺，"我就等这一天，小伙子真不赖。"婚礼上，很多人致辞，东子却不忘老曹，"曹总，我们夫妻也希望您的祝福。"老曹没有那么多花哨的祝词，"这一切，都是你应得的。"

老曹的出场很少，东子很少与他会面。但是，老曹却有一种无形的力量，支撑着东子去面对困难、创造成绩。人生总少不了贵人，贵人相助，我们可以少走几步路，甚至少奋斗多少年。贵人有时候出钱，有时候出力。有时候，贵人只是三言两语，却比谁说的话都有分量。其实，不光是贵人发现了我们，也是我们发现了贵人。

东子有很多朋友，朋友们有甜言蜜语，也有不少逆耳的忠言。睿智的老曹也会遇见很多人，也会激励很多人，但是更多的人不听不信不理。

所谓贵人，其实是一种缘分，只有那一刻的电光石火，才散发了贵人的能量。往前一步是黎明，往后一步是黄昏。幸福与不幸福，成功与不成功，或许是青春的机缘。

然而，所有的机缘都是一种意识，如果对幸福和成功没有旺盛的欲望，最终也很难有靠岸的机会。有的人，从你的全世界路过，不留一丝风一缕雨。有的人，从你的全世界路过，留下了一些宝贵的讯息。只是伸伸手、踮踮脚，我们就能收获走下去的力量。如果错过，还怪岁月无情、贵人难觅。那么，岁月只能无声，贵人也只能无言了。

"召回"黑心棉

那一年，千军万马闯独木桥，他硬生生从桥上"掉"了下来。不能以新生的身份进入校园，他却没有放弃走向象牙塔的决心。于是，他在心仪的高校找了一份工作，哪怕接下来工作换了又换，工作地点依旧在高校，从来没想过要离开。

四年过去了，那些跟他一起进高校的学子离开了，而他依旧选择留下来工作。在高校待久了，他渐渐地有了一种意识，赚学生的钱或许是一条捷径，可以最稳定、最快捷地积累财富。又一年，新的一批学子从四面八方涌来，他看到了金灿灿的商机。迎新时刻，他摆了个卖棉被的小摊子，希望通过卖棉被赚一桶金。遗憾的是，别的小贩大赚特赚，他却只卖出五床棉被而已。

迎新的商机转眼即逝，他开始寻找新的经营的路子，却处在前路一片曚昽的阶段。一天，他在媒体上看到一则新闻，××批发点大量出售黑心棉，这些棉被大量流入各大高校。很快，他就意识到，自己卖出的五床棉被，其实就来自这家批发点。他暗暗告诉自己，"我虽然只是个临时小贩，但是我会为自己卖出的商品负责，我一定召回那些卖出的棉被，并给予两倍的赔偿。"

他花了很多时间和精力去寻找自己的顾客——那五床黑心棉的新主人，他在校园里贴了很多寻人启事，发了很多油印的传单，还在校园的论坛发帖。最后，他还是求助校广播电台，才找到那五位购买棉被的新生，这些新生甚至不知自己买了黑心棉。不管五位新生怎么拒绝，他坚持要进行售价两倍的赔偿，他说，"这是我必须承担的责任，生意人的诚信其实就是经营的'生命'。"

他的举动不仅感动了五位学子，当更多的师生知道他的故事后，一时间，他突然成为这个校园里的英雄。后来，不管他在校园里出售什么商品，他的摊位前总是挤满了师生，他的商品很快就会销售一空。再后来，他在校园里拥有了一个小小的店，店里的商品越来越丰富，而他一直坚持不卖假货、售假赔二，哪怕并不是自己店里的错。他还被学校的市场管理部门评为"最诚信商铺"，据说他的店是唯一没有经营纠纷的店。

现在，他的诚信小店早已"关门大吉"了，因为他承包了校园里最大的超市，营业额也比以前翻了好多倍。然而，他依旧是高校里的一个传说，一个关于诚信至上的传说。显然，是五床黑心棉里的良心让他开启了经营之路，而对诚信一如既往的坚持，最终让他毫无悬念地获得更大的财富和成功。

再续一壶茶

十多年前,我在东莞的一个印刷厂打工,印刷厂位于一个偏僻的工业区。工业区里,不仅有十几间大大小小的工厂,还有二三十个搭着棚子做生意的小吃摊。这些小吃摊无非是卖些盒饭、炒粉炒面或烧烤麻辣烫之类的,消费低廉,是打工仔打工妹的最爱。

我最常去的那家小吃摊叫"小东食肆",老板是一个叫小东的潮州年轻人,同时也兼任厨师的工作。小东的员工包括他的妻子小红,小红负责小吃摊的收银工作,另外还有两个年轻女服务员。起初,我也不明白,为什么总是优先光顾"小东食肆",甚至在"客满"的情况下,还愿意耐心地等待前面的客人离开。后来,我终于找到了自己情有独钟的理由,套用时下流行语来说——细节决定成败。

在工业区的小吃摊吃东西,不管是点盒饭炒粉还是吃烧烤,老板都会为食客奉上一小壶茶水。"小东食肆"自然也不例外,每次都有清香的茶水奉上。不同的是,"小东食肆"会不间断为食客续茶,只要食客的茶喝完惯性揭一下壶盖，年轻女服务员会立即续茶。我和我的工友很调皮，常常试着拨弄一下壶盖，年轻女服务员常常会立即赶到，哪怕被骗也完全不气恼。有一次，心情不佳的我点了份炒粉来吃，生意不忙的小东亲自为我续茶，前前后后续了四壶茶。每一壶茶都温暖着我的心，而小东贯穿始终的微笑，更是让我忘却了烦恼。那一天，我非常真诚地说，"小东老板，日后你一定有机会开大酒楼，成为远近闻名的大老板。"

没多久，我离开了那间印刷厂，离开了那个工业区，离开东莞回到了自己的故乡。时光荏苒，转眼十多年过去了，当我有机会去东莞出差时，心情顿时有了小小的激动。业务单位负责人要为我接风洗尘，我坚持要去以前的工业区看看。十多年过去了，以前的工业区早已变了模样，偏僻的工业区开始有了城市的味道。业务单位负责人请我在一家叫"小东食肆"的大酒楼吃饭，"这可是东莞非常有名的一间酒楼，我们单位的聚餐也常常安排在这里。"业务单位聚餐竟然舍近求远，我开始对这间酒楼产生兴趣，当酒楼的老板走出来时，我立即认出来他是十多年前的小东，他真的如我所说"开大酒楼"了。遗憾的是，小东贵人多忘事，早已不记得我这个故人了。

菜色不错，依旧是不间断续茶，食客们都很享受"小东食肆"的服务。但是，依旧有很多在座的食客不明白"小东食肆"生意火爆的原因，其中还有一位中年人说，"十多年前，我和小东一样搭棚做小吃生意，为何偏偏他今时今日能开大酒楼，而我却王小二过年——一年不如一年，现在连一个小吃摊都撑不住了？"我忍不住站起来，给在座的食客讲往事，还说，"小东老板是续茶续出的大酒楼，如果没有他的那份服务至上的理念，没有续茶续到永不厌烦的态度，相信就不会有'小东食肆'美好的今天。"

很快，小东老板也把我认出来了，还说记得十多年前，我对他的那一番鼓励。当小东老板要为我们免单时,我笑着说,"你的成功是应得的,其实跟我的鼓励关系不大。如果你一定要感谢我,那请你再续一壶茶吧。"

成功,有时候很简单,不过是再续一壶茶,有的人乐于执行,有的人却忙于抱怨,最后成与不成的差距,便在日积月累中呈现。

第四辑 成功刻录机:逐梦永远不迟

本店"不同款"

某大学的后街，有许多小吃店、美发店、文具店，同时也有几家服装店。

原本服装店的生意还过得去，但是由于众多新的服装店开张，竞争的压力也越来越大。表妹丽婷的服装店也在里面，算得上是多年的"元老"店了。服装店数量多，导致各家的生意都很惨淡，价格也压得低低的。

一天，丽婷来我们家串门，说来说去都是"生意不好做"，还要帮她出谋划策。我爱人就说了，"贾玲在春晚表演了《女神与女汉子》，网上到处都在卖贾玲同款的卫衣。明星是最吸引消费者眼球的，特别是大学的男生女生，更是明星的铁杆粉丝。你要是专门明星同款，相信生意一定会比现在好很多。"听完这些，丽婷若有所思地离开了，好像挺有收获的样子。

几个月不见，我猜丽婷的"明星同款"估计卖得挺火的，因为她一直都没打电话来抱怨生意差了。找了一天,我和爱人去了那所大学的后街,找到了丽婷开店的地方。突然,发现丽婷原来的店子不见了,新店的装修风格也完全不同了。更醒目的是,新店的店名叫"本店不同款",跟爱人建议的"明星同款"完全不沾边。

我们还在店外打量,丽婷发现了我们,赶紧从店里走出来,说,"哥、嫂,我这会有点忙,你们稍微坐着休息会。"我们坐了一会,发现丽婷不停跟顾客说,"美女,你就放心地选购本店的服装,我保证我卖出的衣服,在整个学校没第二个人穿,如果你们找到同款,我无条件换一件同等价位新衣。"本来还犹犹豫豫的顾客,听丽婷这么一说,立即毫不犹豫地付款了。

等顾客都走完了,丽婷彻底清闲了,我的第一句话就是,"你不是要搞'明星同款'吗,怎么变成了'本店不同款'?"丽婷认真地说,"嫂子建议我开'明星同款',我当时还真想试试。可是,我回到后街,仔细调查了一下同行,虽然没有哪家店主打'明星同款',但是总有或大或小的区域,在集中推荐'明星同款'。后来,我还听有些顾客跟我说,'明星同款'好是好,可是追星的人太多,好好的'明星同款'转眼变'路人共享',那心情有如从顶峰到谷底般难过。"

我的爱人还是不解,"你就算不做'明星同款',也不必讲'本店不同款',现在要说不同款、不撞衫,那真是比登天还要困难。"丽婷笑着说,"'本店不同款'是最大的承诺,也具有非常强的吸引力。顾客打消了同款的顾虑,知道本店的服装独一无二,不仅卖得放心、开心,还会不断向朋友宣传。而我只好在进货时多下点功夫,再好看的衣服都只淘一件回来,就可以耐心等顾客上门。至于偶尔顾客发现了同款,这也不过是小概率事件,我就大大方方换货好了。比起每天增加的顾客量,换货的那点小小的风险,实在算不了什么了。"

当生意由好变坏，当竞争由弱变强，适时地转换思维，以顾客的需求为先，没准能让商机重现。当然，转换思维也应灵活多变，更应结合市场的真实状况，而不是简单生搬硬套，拿来主义也不是随便"拿"来的。

死胡同里的"旺铺"

那间旺铺是老王自家的房子,在一条死胡同的最深处。本来,老王也贴了许多"旺铺招租"的启事,可是当有意租用铺位的租客,从胡同口穿过无数铺位,来到老王所谓的旺铺,早就没了兴趣。

后来,老王也懒得折腾,自己占着自己的铺位,卖着自己拿手的家乡小吃。然而"酒香也怕巷子深",何况老王的手艺也就一般水平,卖的无非是独一家的特色,所以生意也不咸不淡的,过过小日子也凑合。

偶尔聊天时,老王也会"做梦","真盼望哪一天,这里的房子拆迁了,我换个热闹的地方住,总比这死胡同里的'旺铺'好得多。"可是,城市不是今天这里拆,就是明天那里拆,总是轮不到老王这里的死胡同。

几年了,老王还是老王,老王日复一日忙碌着,日子和生意都波澜不惊。可是,半年前,老王突然打来电话,"小路,能帮我联系两个精干的小伙子吗,我这小吃摊急需送货员。"死胡同里的小铺位竟然需要送货员,而且一要就是两个精干的小伙子,我着实大大地吃了一惊。我一边帮老王寻找合适的人员,一边安排时间准备去实地探探。

还是熟悉的胡同,还是并不热闹的一条胡同,甚至人流量比以前还略低。当我从胡同口走到最深处的老王的"旺铺",发现老王的"旺铺"竟然门可罗雀,而老王和一个年轻的女孩却忙个不停。老王见到我,连忙说,"小路,你先坐,我送完这批订单再招呼你。"老王踩着电动车离开了,年轻的女孩还在忙活,而电脑里不时传出"你有新的订单"的提示音。原来,老王将阵地从死胡同转移到了网络上,网络上什么神奇的事情都会发生,冷冷清清的小吃铺子也焕发出了生机。

老王送完货回来,自然是先关注帮他请人的事情。老王志得意满地说,"当一些外卖网站开始红火时,我适时地选择转换阵地,网络里是没有'死胡同'的,顾客会在网站关注附近的诸多美食,只要你的店味道好、送货及时,顾客就会把你的店'捧'成旺铺。"老王继续笑着说,"想不到,我没等到房子拆迁的那一天,死胡同里的'旺铺'却变成真正的旺铺了。要是现在谁要租我的'旺铺',我随随便便还真不想租。铺位的旺与不旺,不仅仅是由地段决定,其实也更是由店主的努力决定的。"这让我想到许多生意人,宁愿将大把的钱交给风水大师,却不知道比起看风水,更重要的是一如既往的坚持,坚持足以带来无限可能。

通往成功有千千万万的方向,但是哪个方向都少不了坚持,看不到希望的时候坚持是一种莫大的勇气。而希望最终得以破晓而出,是我们的坚持和勇气浇灌岁月,最终岁月开出的美丽的花朵。

在火锅店里淘金

几年前,杨树和朋友去重庆旅游度假,那里的香辣火锅深深地吸引了他们。杨树的朋友说,一旦有空,会再游一次重庆,再吃一回香辣火锅。杨树不说话,其实他心底已经有了个周密的大计划。

没几天,大计划变成了现实,杨树拿出一部分积蓄,在闹市区开了间火锅店,还请了重庆籍的厨师。火锅店的味道怎么样,用杨树的朋友的话说,"谢谢你,杨树,我不用去重庆,也能吃到地道的香辣火锅了。"杨树的火锅店的生意一直不错,而且好味道一传十、十传百,来光顾的客人也越来越多。后来,有记者来杨树的火锅店用餐,被美味倾倒的记者郑重其事地采访了杨树。记者问杨树,"你是怎么想到开一间火锅店的?"杨树的回答是,"我相信好东西是要与人分享的,不是每个人都有机会去重庆吃香辣火锅,所以我把香辣火锅带了回来。"很快,报纸上有了杨树的火锅店的报道,记者称赞杨树"智慧的老板在火锅里淘金"。

可想而知，有了记者的宣传，杨树的火锅店的生意更上一个台阶。久而久之，杨树的火锅店成了一个品牌，市民要吃火锅常常将杨树的火锅店当作首选。接着，杨树开了第二间火锅店、第三间火锅店，杨树成为拥有三间火锅店的大老板。可是，大老板也有烦恼的时候，毕竟火锅算是认季节的时令食物，生意最火的时候是寒冬时分，春秋季节生意一般，夏季就要更惨淡一些。

杨树和别的火锅店老板一样发愁，可是顶着"智慧的老板"的帽子，杨树也不愿意在火锅旺季发笑，然后再到火锅淡季发愁。杨树不仅时常去别的火锅店"踩点"，还专程去了一趟灵感"发源地"——重庆，并且在那里足足住了半个月之久。遗憾的是，杨树并没找到让火锅店生意更火一点的办法，特别是让客人在火辣辣的夏天，爱上火辣辣的火锅，那真是一件很难很难的事情。

今年年初，杨树的侄女杨小柳要举办婚礼和婚宴，可是市内的大酒店都没有"档期"。杨树也为侄女着急上火，最后忍不住自告奋勇，要当杨小柳的"救命稻草"，"小柳，你的婚礼和婚宴叔叔来给你办，一定给你办得漂漂亮亮的。""在火锅店办婚宴？"杨树的提议"雷"倒了侄女杨小柳，可杨小柳好像也没有别的办法，于是就让叔叔杨树去操办了。杨树绝对不是一个随随便便、马马虎虎的人，为了杨小柳的婚宴他下足了功夫，费了心思将店面临时"改装"后，杨小柳拥有了一个非常棒、非常体面的婚宴。

事后，不仅没人嘲笑杨小柳在火锅店办婚宴，甚至还有人说，"火锅店办婚宴很吉利，寓意未来的婚姻生活将红红火火地过。如果以后自己的亲友办婚宴，我也会建议他们来找杨树老板。"说者无心，听者有意，杨树嗅到了商机的气息。

于是，杨树悄悄在自己的三间火锅店，推广起新鲜的婚宴生意来。可别说，许多因婚宴难摆而陷入"绝望"的新人，勇敢地接受了在火锅店办婚宴的提议。以前门可罗雀的淡季双休日，火锅店却被喜庆的气氛笼罩着。如此一来，杨树的火锅店迎来了新的商机，再也不用整日愁眉苦脸了。后来，采访过杨树的记者又上门了，记者对杨树的智慧赞不绝口。随后，新闻报道刊登出来了，标题只比原来多了一个字，"智慧的老板在火锅店里淘金"。

其实，创业中的商机需要的是一双比别人更敏锐的眼睛，如果能捕捉到别人看不到的微妙商机，那么就永远不会有在商潮里黯然神伤的时刻。